世界を変えた森の思想家

心にひびくソローの名言と生き方

上岡克己 編著

研究社

苟に日に新たにせば、日日に新たに、また日に新たなり。

（『大学』『森の生活』「住んだ場所と住んだ目的」の章）

どれほど多くの人が、一冊の書物を読むことによって人生に新たな時代を築いたことであろうか。

（『森の生活』「読書」の章）

人類も切り株や石を崇拝するほど高められれば、再生できるであろうに。

（『日記』）

目次

まえがき

本書はアメリカの作家・思想家ヘンリー・デイヴィッド・ソロー（Henry David Thoreau 一八一七―一八六二）の膨大な著作から、彼の人生を彩る名言・名文を選び、彼自身の言葉で生涯と思想を語らせようとする意図で書かれたものである。

名言・名文のほかに、ソローの著作や伝記的事実について解説を加え、さらに現代的視点からソローを捉え直す試みの一環としてコラムをもうけた。

ソローと言えば、インド独立運動の指導者マハトマ・ガンジーや、黒人公民権運動の指導者マーティン・ルーサー・キング牧師に大きな影響を与え、国家と個人の関係を根本的に問い直した『市民の反抗』（一八四九、原題は“Resistance to Civil Government”だが、“Civil Disobedience”の題名でよく知られている）、および自然の中で自給自足と晴耕雨読の生活を実践して、人間と自然の関係を再構築する『森の生活』（一八五四、原書初版では *Walden: or, Life in the Woods,* 二刷以降ソローの意向で副題は削除され、*Walden* のみとなったが、本書では『森の生活』を使用する）でよく知られた作家である。

ソロー流の逆説的表現を使えば、

ある男が森に入って行った。それで世の人の人生は変わった。

ある男が刑務所に入って行った。それで世界は変わった。

ということになろう。もちろん彼の人生はこれだけに終始することはなく、研ぎ澄まされた感性と類まれな好奇心により、多くの名言・名文を生み出した。「名言は心の糧である」とはよく言われるが、これまた名言の一つであろう。ソローは名言、格言、箴言、警句の達人と言ってよい。「真理は常に逆説的である」と語るように、読者の意表をつく誇張的・逆説的表現や文章に、読者は現在置かれている自分自身を否応なく見つめ直さざるをえない。巧みなレトリックで、読者は感動し、啓示を受けて目覚める。わずか数行の言葉の中に、作者の想いがつまっていることはよくあることだ。希望と勇気を与えてくれるのもそのような名言である。

例えば『日記』や『森の生活』、「原則のない生活」には次のような人生訓、処世訓がある。

人は恐怖で死に、自信で生きる。

ある人と真の人間関係を続けることができれば、一年は思い出深いものとなる。

アイスクリームの需要はあるが、真実の需要はない。

どんなに狭く曲がりくねっていても、愛と畏敬の念を持って歩むことのできる道を追い求めよ。

家や土地など物質的富を貯えるのは愚の骨頂、我々の人生の価値、本当の目標は築いた思想の高さにある。

簡素に、簡素に、簡素に！

人間は真冬の中にあっても、わずかな夏を心に持ち続けなくてはならない。

時代を読むな、永遠を読め。

最近ソローの言葉で注目されているのは、「緑のソロー」（本書第四章・五章参照）と呼ばれている彼の環境主義的啓示の言葉である。現代がかかえるもっとも難しい環境問題に対して、解決の糸口を与えてくれる名言が数多く見られる。例えば次のような発言がある。

人類も切り株や石を崇拝するほど高められれば、再生できるであろうに。

地球は生物が多様であればあるほど豊かである。

ニレの木は州議会に代表を送って然るべきである。

これらが十九世紀半ばの発言であると考えると、ソローの「環境的想像力」は現在にも十分通用するし、実際さらに先を見据えていることを知る。彼は未来世代のために語っていたのである。

確かに膨大な『日記』を除くソローの著作の大半は翻訳され、一般読者の目に触れる機会が多くなったが、外国文学の障壁は依然として大きいものがある。ソローの場合、最大の要因はアメリカという場所、十九世紀という時代、巧みなレトリックを用いた含蓄に富む文章の難解さ、高度な教養等に由来しよう。

一方で外国文学の中で彼ほど受け入れられた作家も少ないのである。ソローのもっともよく知られている作品『森の生活』は、その題名の心地よい響きばかりでなく、内容においても自然と語らい、四季を友とする生き方は日本人の心情そのものである。西欧に禅を紹介した仏教学者の鈴木大拙は「わび」を説明する際に『森の生活』の一節を引用したこと（一〇〇頁参照）、その他読者にもなじみの「日日新」（『大学』）、「三軍もその師《すい》を奪うべし。匹夫も志を奪うべからず」（『論語』）に出会うと、ソローがわりと東洋風好みの作家であることに気づくはずである。

『森の生活』は明治四十四年（一九一一）に水島耕一郎によって翻訳された（「コラム5」参照）が、その翌年には早くもソロー紹介の書である西川光次郎『トロー言行録』が出版されている。（ソローは最初に紹介された頃は「トロー」と発音されていた。）西川の著は「言行録」となっているが、ソローの伝記と作品紹介が中心となっている。その序において、西川は、悩める人々に対しソローの言葉に耳を傾けよ、そうすれば必ず得るものがあると熱っぽく説く。

虚栄と虚飾に追ひ立てられて、苦しき而かも無益なる生涯を送りつつある人々よ、請ふ来りてトローに聞け！　彼の唱ふる単純生活法は、諸君を益すること甚だ大ならん。自然と離れて風塵に労し、人事に忙殺されつつある人々よ、請ふ時に来りてトローに聞け！[1]

人間の置かれた状況は一世紀前よりもはるかに深刻である。確固とした生きる目標を失い、自己を喪失しつつある現代の人々こそ、ソローの声に耳を傾ける必要がある。彼によれば、「世間は変わらない。変わるのは我々だ」。私たちはソローの言葉を通して、自分自身に気づき、覚醒・変化・変身することが求められているのである。

ソローの印象として、生涯の半分を刑務所で暮らし、残りの半分は森の生活をしていたと思われがちだが、刑務所に入ったのは一日のみ、森の生活も二年余であった。ソローには人生でやるべき他の仕事も多かったのである。本書ではソローの生涯を、第一章「若きソロー」、第二章「世界を変えた本『市民の反抗』」、第三章「人生を変えた本『森の生活』」、第四章「緑のソロー(1)」、第五章「緑のソロー(2)」に区分して、名言・名文を拾い上げた。彼の言葉には真実が込められている。魂を揺さぶられるソローの名言に接した者だけがその果実を得ることができる。

ソローについての専門的研究書は多いが、一般読者を対象としたソロー案内書があまりにも少ないことに筆者は以前から危惧していた。ソローが読者から見放されないように、ソローが「絶滅危惧種」にならないように、あえてソローを社会や文化のコンテクストで論じてみた。本書のエピグラフ（巻頭句）の一つに「どれほど多くの人が、一冊の書物を読むことによって人生に新たな時代を築いたことであろうか」（『森の生活』）を掲げた。本書がソローの真意を伝えることができれば幸いである。

世界を変えた森の思想家

――心にひびくソローの名言と生き方

上岡克己 編著

プロローグ

ヘンリー・デイヴィッド・ソロー（1856年）

1　ソローの生涯

十九世紀中葉のアメリカ、無尽蔵の資源とフロンティアの征服神話に人々が取り憑かれていた時代にあえて逆行してみせたソローは、生前ごく一部の人を除いてほとんどその名を知られることはなかった。ハーヴァード大学卒業のインテリにもかかわらず、一生定職や家庭を持つことはなく、毎日森を放浪する変わり者で偏屈者、コンコードの住民のあいだではうさんくさい存在であった。

雪の積もった丘の斜面をキツネを追って駆け回る、マツの木のてっぺんに腰かけて風に揺れながら鳥になる。また四つん這いになっていやがるアメリカアカガエルと心を通わせようとするかと思えば、丸裸で川を泳ぐ。コオロギの奏でる音楽にうっとりして夜を過す(1)。ソローにとって、自然の一部になると世界が違って見えてくるのである。

彼にしてみれば毎日森を散策することは、生活の糧に等しいものであったが、その真意が理解されず、無責任で怠惰な無精者、時代錯誤もはなはだしい人物という烙印を押されていた。彼一流の逆説では、

ある人が森が好きで、毎日の半分を森の散歩に費やしていると、怠惰とみなされる恐れがある。ところが、こうした森を伐採し、大地を若禿げにしながら、一日じゅう相場師として働いている人は、勤勉で進取に富んだ市民として尊ばれる。(「原則のない生活」)

ということなのだ。ソローの反骨精神は徹底していた。師であるラルフ・ウォルドー・エマソンは若くして亡くなったソローの葬儀の席で、「どんな職業教育も受けず、生涯結婚せず、独りで暮し、一度も教会に足を運ぶことなく、投票もせず、税を払うことを拒み、肉を食べず、酒を飲まず、煙草の喫い方もついに知らず、博物学者のくせに罠も銃も用いなかった[2]」と弔辞を述べた。

面白いエピソードが残っている。ある人が「鳥を研究したいのなら、どうして撃ち落さないのかね」と尋ねたところ、ソローは「私があなたを研究したいときにあなたを撃ち殺してもよいとお思いですか[3]」と答えたという。

ソローの著書に関しても、感受性の強いわりに想像力に欠け、均整のとれた完成状態にまとめていく芸術的技巧に疎く、偏狭で人間味に乏しいと随分批判された。生前、『コンコード川とメリマック川の一週間』（一八四九）と『森の生活』のわずか二冊の著書を刊行したにすぎなかったが、死後妹のソフィア、友人のウィリアム・エラリー・チャニング、エイモス・ブロンソン・オルコット、ハリソン・G・O・ブレイクなどの協力によって、『メインの森』（一八六四）、『コッド岬』（一八六五）が出版され、二十世紀初頭の一九〇六年、初めての全集二十巻が刊行された。

ソローの名声は二十世紀になって急速に高まった。奴隷制度や領土拡張を企てるメキシコとの戦争に反対して人頭税を払わず、そのため投獄された体験をもとに書かれた『市民の反抗』が、ガンジーやキング牧師らに受け入れられて世界的に注目を集め、またソローの著作としてもっともよく知られている『森の生活』が、現代文明の中で自己を見失った人々に対する再生の書として、現代人の心を捉えたのも当然である。さらに没後一三〇年を経て『森を読む――種子の翼に乗って』（一九九三）、『野生の果実』（二〇〇〇）が出版されるにいたり、ソローのエコロジカルな環境思想が注目された。現代の環境問題や環境保護運動を論じる際に、いまやソローを無視することはできない。「緑のソロー像」が定着したと言っても過言ではあるまい。

『市民の反抗』と『森の生活』は、ともに世界を変えた、人生を変えた書物として、今後も継承されてゆくことだろう。かつては評価の低かったソローであるが、彼ほど社会的影響を与えた作家は少ない。今ではアメリカの大統領でさえソロー詣でをする時代（「コラム12」参照）へと時代は移ったのである。

現代ではソローの評価は一変し、一種の文化的偶像（アイコン）として祭り上げられ、ソローブームを呈するほどである。彼が最初のヒッピーや悩める十代のモデル、最初の自然保護主義者の一人とみなされるのはともかく、宇宙飛行士が月面を「ウォールデン」と名づけ、さらに「ソローバッジ」が売りに出され、「ソロー団地」[4]まで登場するとなると、ブームを超えて異常現象としか思えない。

文学の分野で、ソローと同時代のアメリカン・ルネサンス（十九世紀中葉のアメリカ文学復興期）と呼ばれる作家たち（エマソン、ホーソーン、メルヴィル、ホイットマン）の中で、研究者と一般読者の両方に受け入れられたのはソローのみで、同時代作家では『若草物語』の著者ルイザ・メイ・オルコット、それ以降でもマーク・トウェインとアーネスト・ヘミングウェイが肩を並べるくらいである。[5]作家名を冠する学会で、アメリカのソロー協会は他に抜きん出ている。特にその会員構成において、顕著な特徴が表れている。ソロー研究者以外に、様々な職種の会員から成り立ち、まるで多文化アメリカ社会の縮図を見るようである。これほど数多くの人々から愛された作家は他に考えられない。

2 ソローの実像

ソローの質素な身なり、髪や顎鬚を伸ばし放題にした外観だけで判断すれば、現代のヒッピーと変わりない。だが顎鬚を伸ばしたのも、冬の寒さから持病の気管支炎を防ぐためであったのだ。三十九歳ごろに写した銀板写真（プロローグ扉頁参照）を見る限り、ソローの容貌は高潔な第十六代大統領エイブラハム・リンカーンを彷彿とさせる。

彼の人生は、普通の若者が持つ恋の悩みや将来への不安、焦燥感、挫折、人生と芸術との葛藤などが貫いている。しかし彼にはだれにも負けぬ情熱、特に自然への情熱を生涯維持し続けた。彼はそれを『日記』（一八三七―一八六二）に綴る。二十四年間にわたる『日記』の大半は、知的な創造的生活とみずみずしい感動を呼び起こす自然観察からなり、内的生活と外的生活が渾然一体となって、芸術作品そのものへ昇華している。まさに彼の人生は一編の詩となった。

3 僕の人生は書きたい詩であった

ソローの生涯と思想を辿ってゆくと、ソローの博学に圧倒される。あわせて好奇心旺盛、反骨精神旺盛ときて、多彩な才能が発揮された挙句、ソローの実像が見えなくなってしまった。彼を形容する言葉はあまたある。

自然児、隠者、世捨て人、禁欲主義者、怠け者、風刺家、自然保護論者、科学者、作家、詩人、ネイチャーライター、旅行作家、ナチュラリスト、エコロジスト、改革者、奴隷解放論者、アナキスト、預言者、天文学者、教育者、講演家、哲学者、思想家、測量士、鳥類学者、植物学者、博物学者、アメリカ先住民（インディアン）研究者、非暴力主義者、偶像破壊者、超越主義者、アウトドア（登山、ボート、スケート）愛好家、無神論者、読書家、簡素生活のモデル、スローライフの実践者……

これらの形容は、彼の短い四十四年の人生の中で、彼が少なくとも関心を持った分野であるので、あながち間違いとはいえない。一方家庭内ではどうかというと、ソローは父親の鉛筆製造業を助け、家族団欒のときには歌い、踊り、フルートを吹く家庭的な男であった。とかく改革者にありがちな、親や故郷を捨て、都会を目指すことはせず、生地コンコードへの思い入れとともに、家族への愛を忘れることはなかった。ソローに親近感を覚える者は、強靭な生命力と反骨精神の背後に人間的な優しさをいつも感じていたのだった。

彼の人生と思想を単一の言葉で形容するのは難しいが、ソローの友人で最初のソローの伝記を著したチャニングは、彼を「詩人・ナチュラリスト」と定義したのは正しい判断であった。ソローが詩と科学の両方に関心を示していたことが、彼の自然観を豊かなものにするからだ。環境問題を考える際に、テクノロジーだけで解決するものではないことは自明である。人間の想像力や倫理が問われるからである。本書では詩人・ナチュラリストとして「環境的想像力」を飛翔させた「森」（自然）と、エコロジーと環境倫理に根ざした「思想家」（哲学者）を合わせて、ソローを「森の思想家」と称す。

ソローは『コンコード川とメリマック川の一週間』の中で、「僕の人生は書きたい詩であった」と述べた後、「しかし生きることと書くことの両方はできなかった」と付け足したのも一理ある。彼の人生が文学一筋でなかったことは、様々な雑事や事件に巻き込まれたことと関係がある。根っからの反骨精神旺盛な性格から、それぞれの事件について一言口をはさまざるをえなかった。納税拒否による投獄、奴隷制反対、メキシコとの戦争反対、最後にはジョン・ブラウン事件にも首を突っ込んだ。

しかしこれらは決してソローの文学的敗北とは認められない。むしろそれらの事件は彼の人生を豊かにし、題材を提供して、彼は文学的才能でこたえたのである。『森の生活』はソローの書きたい詩であった。彼の人生は「生きることと書くことの両方ができた」、生の証しそのものであると言っても過言ではあるまい。

【第一章】若きソロー

ソローの肖像画（1854 年）

1 コンコード——我が故郷

■コンコードは我がパスポート

僕は一生自分の生まれた土地を自慢したい、子孫に恥ずかしい場所になってほしくない。ああ！ コンコードよ、君のことを忘れるくらいなら、僕の愛情などたかがしれている。君の名前が見知らぬ土地では僕のパスポートになるのです。世界のどこをさ迷うとも、僕はコンコードのノース・ブリッジから叫ぶことができるのは幸運だ。……

僕の身体はハーヴァードの一員であったが、心と魂において僕は昔の子供時代の風景にあったと言った方がよいだろう。勉強にあてられるべき時間が、郷里の森の中を歩き回ったり、湖や川の探索に費やされていたのです。

（「大学卒業アルバム」一八三七年六月）

僕は「コンコード」という詩を書いてみたい。題材としては、川、森、湖、丘、野原、沼地、草地、通りや建物、そして村の人々。それから朝、昼、夕、春、夏、秋、冬、夜、小春日和や地平線の山々である。

（『日記』一八四一年九月四日）

■コンコードは僕の道しるべ

僕はコンコードの家の裏戸口にあるポプラの木の下で、永久に満足して座っているべきだと思います。僕はホームシックにかかったのではなく――どこの場所も奇妙によそよそしいのです――コンコードが依然として僕の道標なのです。

（『書簡集』一八四三年八月六日）

僕にはコンコードの草地でハイイロチュウヒ（タカ科の鳥）を見る方が、パリに同盟軍が入城したことより価値がある。

（『日記』一八五六年三月十一日）

僕は世界中でもっとも尊敬できる場所と最高の時代に生まれた驚きを隠せない。

（『日記』一八五六年十二月五日）

2 知的独立宣言——人間らしい独立した生活

■文明人は物の奴隷

文明人は物の奴隷である。足の踵を土につけないように、技術で地面を舗装する。一年を通して天を見ないように壁をつくる、太陽は上っても文明人には無意味。雨が降り、風が吹こうが、彼らには伝わらない。

（「文明国家の野蛮性」一八三七年六月二日）

■手段と目的、物事の順序を逆にする

自らの本性に忠実に、精神的愛情を培い、人間らしい独立した生活をしようではないか。富を生活の手段としても、目的とはしないように努めようではないか。そうすれば、もはや商業精神という言葉は耳にしなくてもすむだろう。海は淀むことなく、大地は今まで同様緑に包まれ、空気も新鮮となろう。

僕たちが住むこの不思議な世界は、便利というよりなんとすばらしい世界ではないか。役立つというよりなんと美しい世界であることか。利用するより感嘆し享受すべき所なのだ。物事の順序を逆にしてはどうだろうか。

七番目の日、つまり日曜日を労働の日として、額に汗して生計を立て、他の六日間は、愛情と魂の安息日にして、この広い大地を散策し、自然の優しい感化力や高貴な啓示に触れようではないか。……人間は必ずしも物の奴隷ではなく、獣と同一視される世俗的欲望を捨て去り、万物の霊長らしくこの世の楽園で日々をおくることにしようではないか。

（「現代の商業精神」一八三七年八月三十日）

■僕は自由

僕はいかなる惑星よりも自由である。

（『日記』一八四〇年三月二十一日）

3　モラトリアム宣言——教育と教師辞職事件

■教育と体罰

僕は教育を、教師や学ぶ生徒も共に楽しめるものにしたかったのです。この教育という修練は、人生の目的でもあるし、教室の内と外とで異なってはいけないと思うのです。僕たちが生徒のためになる教師を志すなら、同じ仲間とみなし、生徒と共に学び、生徒からも学ばなくてはなりません。……僕は牛革の鞭を絶縁体（nonconductor　指導できない人の意味）と考えたいのです。鞭は電線と違って、眠っている知性に真実のひらめきを少しも伝えることなどできないのですから。

（『書簡集』一八三七年十二月三十日）

■モラトリアム

人にとって急がないという決断ほど有益なものはない。

（『日記』一八四二年三月二十二日）

この世は仕事をする場所である。……まるで安息日がない。……仕事、仕事、仕事ばかり。

（「原則のない生活」）

■子供の教育

都市で子供の教育をしようとするのは愚かなことだ――第一にすべきことは、子供を都市から外へ出すことだ。

（『日記』一八五一年七月二十五日）

■原生の森と子供

オークの木がすべてなくなる前に、原生の森を知ってもらうために子供たちを森に導くことは価値がある。なくなってから植物学者を雇って講義しても、それは後の祭りというものだ。

（『日記』一八六〇年十一月二日）

■人生の余白

たっぷりとした余暇は実人生において書物の余白と同様すばらしいものだ。

（『日記』一八五二年十二月二十八日）

自然と同じく悠然と一日を過そう。

（『森の生活』「住んだ場所と住んだ目的」）

■成人教育の必要性

我々は、自分たちが十九世紀の人間であることや、どこの国よりも急速に進歩していることを自慢している。しかしこの村は、自らの文化のために、ほとんどなに一つしていない。……児童の公立学校に関しては、ここは比較的まともな制度を持っている。しかし冬期に開かれる餓死寸前のライシーアム（文化会館、市民教養講座を開講する）と、最近、州が開館した図書館を除けば、我々成人のための学校は無に等しいのである。

（『森の生活』「読書」）

この世で衣食住暖房以外に、人間として——知的・道徳的存在として——独習する人のいかに少ないことか！……知識に投資することこそもっとも安全である。おそらくどこに行こうとも、身に携えて行けるからだ。

（『日記』一八六一年一月三日）

自然は師

自然は訓練された公平な教師、粗野な意見を撒き散らしたり、おもねったりしない。

（『月下の自然』）

4　日記をつけよ

■『日記』の最初の書き込み

「今何をしているのかい？」「日記はつけているかい？」と彼（エマソン）は尋ねた。――そこで今日から最初の書き込みをすることにする。

（『日記』一八三七年十月二十二日）

■日記は愛の記録

僕の日記は愛の記録。自分が愛するもののみを書き込む。大地が表すあらゆる側面への愛情を。

（『日記』一八五〇年十一月十六日）

僕が書き留めておきたいのは、円熟し成熟した瞬間の記録である。人生の殻ではなく、核を書き残したい。

（『日記』一八五一年十二月二十三日）

芸術は長し。しかし人生は一人の人間が探究し尽すには障害が多く、思いどおりにはならない。

（『日記』一八五四年六月十六日）


日記とは体験や成長を記すもの、すぐれた言動を残すものではない。

（『日記』一八五六年一月二十四日）

■『日記』の最後の書き込み

夜、東風の嵐が吹き荒れた後、昼には晴れた。砂利でできた鉄道の土手の表面に奇妙な跡がついていた。……僕は雨がどの方向から降ったのかかなり正確にわかる。これらすべては観察者の目には明白、しかしほとんどの人には気づかれないまま容易に見過ごされる。このようにして、風は自らを記録していく。

（『日記』一八六一年十一月三日）

5　恋愛論――青春時代の苦悩

■恋の悩み

もっと愛すること以外に愛を癒《いや》す方法はない。（「コラム1」参照）　（『日記』一八三九年七月二十五日）

先日、純真でとても美しい女性をボートに乗せた。彼女は船尾に座り、僕は一生懸命にオールを漕いだ。僕と大空の間には、彼女がいるだけ。本当に自由なら、僕たち二人の人生はとても輝いたことだろう。　（『日記』一八四〇年六月十九日）

すべての不幸は幸福への出発点にすぎない。（「コラム1」参照）　（『日記』一八四一年一月二十日）

悲しみの深さはいかなる喜びよりも大きい。　（『日記』一八四一年九月五日）

■焦燥の詩

詩人の遅れ

二十二年の歳月が過ぎ去り、
時は二十二年間の汚れを捨て去ってくれた、
手足はこのようにすっかり大きくなったけれども、
人間らしい言葉は主張できないでいる。

外の限りない豊かさの中にいても
僕の心は相変わらず貧しい、
鳥が囀《さえず》っているうちに夏は終ってしまうが、
僕の春は依然として始まらない。

朝日が上るのを見ても詮なく、
西日が輝くのを見ても詮なく、
漠然と東の空を眺め、

他の生き方がないかと思案する。
・・・・・・・・・・・・・・・・・・・・・・・・・・・

（『日記』一八四〇年三月八日）

■失恋の詩

東の空低く

東の空低く
君の輝く眼が沈んでいった。
その優美な光は
僕の視界にははいらないが、
かなたの丘の
節くれだった枝の上に
のぼるすべての星が、
君のやさしい心を伝えてくれる。
・・・・・・・・・・・・・・・・・・・・・・・・・・・

（『コンコード川とメリマック川の一週間』）

■幸福な人

人は自らの幸福を設計する者である。

（『日記』一八三八年一月二十一日）

天の法則と地の法則を遵守する人こそ幸福です。自然と神の両方に受け入れられる均衡のとれた生活をする人こそ幸福です。

（『書簡集』一八四九年八月十日）

■「恋愛論」より

恋をしている男は、恋人の眼差しの中に、西の空をいろどる夕焼けの美しさを見る。

僕たちは有限だが、恋愛は無限であり、永遠である。

愛は厳しい批評家、愛よりも憎悪の方がまだましだ。

僕は、女性を低い自我から引き上げ、さらに無限に高めて、そのような彼女を知りたいと思う。

どこを散歩しても、他人にしか会えないというのと、ある一軒の家には、自分を知っていて、自分も知る人がいるというのとでは、なんという大きな違いがあるのだろう。

Column 1

ソローは愛の詩人?

■愛の詩人ソロー?

ソローはしばしば森の詩人と称されるが、インターネット上ではいつのまにかソローが愛の詩人として扱われている。すべては次の『日記』の一節による。「もっともっと愛するということ以外には、愛の悩みに対する救済策はない」。(There is no remedy for love but to love more.) 失恋後は、「すべての不幸は未来への踏み台にすぎない」(All misfortune is but a stepping stone to fortune.) がよく引用される。(正しくは So is all misfortune only a stepping-stone to fortune. インターネット上にある訳では fortune を future と取り違えているが、内容上大差はない。引用の誤用はよくあることである。) 確かにしゃれた表現で、愛の名言にはぴったりだ。ソローの第一作『コンコード川とメリマック川の一週間』では、「愛のない人生は燃え殻と灰である」とまで語られている。

ソロー自身「愛の詩人」と呼ばれれば、墓場の下で苦笑していることだろう。しかしこれらの言葉が、人々の心を動かし、勇気づけるのであれば、それはそれで立派な名言であり、人生訓となろう。

なお、当時の男女の交際(デート)に関して、二人きりになるのは避けられた。適齢期の未婚女性には必ず付添い人と称する人がいた。一八四〇年六月十九日(二一一頁参照)、ボートに彼女を乗せたときにも、彼女の叔母が近くで見守っていたと考えられる。その意味でも「自由な恋愛」はなかったのである。

■ビジネスマンのソロー活用術

人生や友人についての名言・処世訓もインターネット上に数多くある。

友人のためにしてあげられるいちばんのことは、それはただ友人でいてあげられること。

（『日記』一八四一年二月七日）

振り返らずに後ろを見るのと同じくらい自分自身を見つめることは困難だ。

（『日記』一八四一年四月二十七日）

人は成功するために生まれる。失敗するためではない。

（『日記』一八五三年三月二十一日）

たった一人の友達をも満足させることのできない人間が、この世の中で成功することができるなんて、とても考えられないことである。

（『日記』一八五七年二月十九日）

なお会社経営者もソローを引用する。キングスレイ・ウォード著『ビジネスマンの父より息子への30通の手紙』に引用された名言は、「新しい衣装を必要とする試みには気をつけよう」（"beware of all enterprises that require new clothes" 城山三郎訳、『森の生活』「経済」）である。もっともソローは「善は決して失敗することのない唯一の投資である」（『日記』一八五三年六月二十二日）、あるいは「無為こそもっとも魅力的で生産的な仕事」（『森の生活』「湖」）とも語っているので、ビジネスマンはソローの他の言葉にも目を向ける必要がある。

■ソローの肖像

二十代のソローを描いたものは残っていない。本章の扉頁にある肖像画は、ソローが三十七歳ごろのものである。ソロー家に滞在していた画家サミュエル・ラウスが、ソローの家族の依頼で描いたクレヨンによるスケッチ画で、二年後に撮影された写真（プロローグ扉頁参照）とは随分印象が違う。しかしこのソローの肖像画は、二十七歳で亡くなった兄の肖像とよく似ており、ソローの若き頃を偲ばせる。

解説――青春時代

■コンコード、家族、大学

ソロー自身「僕は世界中でもっとも尊敬できる場所と最高の時代に生まれた」(『日記』一八五六年十二月五日)と述懐しているように、後に開花する様々なテーマを最高の場所と時代から学んだ。彼がマサチューセッツ州コンコードで生まれたのは運命的であったといえる。コンコードは大都市ボストンの北西約三十キロに位置し、一六三五年インディアンから平和裏に購入された。そのため調和・親善関係を意味するコンコード(concord)という名が付けられたのである。コンコードはアメリカ独立戦争時、レキシントンに次ぐ戦地となり、独立心旺盛な住民が多数を占めていた。その伝統は奴隷制廃止論の高まった十九世紀中葉まで続いた。

インディアンの痕跡はソローに「先住民」への関心を芽生えさせた。さらにこの地は川、湖、沼、湿地帯、丘、草地、森など豊かな自然に恵まれ、後にナチュラリストとしてエコロジストとして生態系観察(フィールドワーク)をする絶好の場所を提供することになる。コンコードの森と湖、野原が彼の学び舎であった。

またコンコードがアメリカ最古で伝統と権威のある、ハーヴァード大学の位置するケンブリッジから二十数キロの近距離にあったことも幸いした。ソローは著作の中で大学を皮肉っているが、彼がハーヴァードで学んだこと、卒業後大学図書館を頻繁に利用していた事実から、彼がその恩恵を多分に受けていたことがわかる。

ハーヴァード大学の学生の頃に書いたレポート、「文明国家の野蛮性」が残っている。ソローはすでに文明国家が「物の奴隷」と化している状況を見抜いていた。一方、文明国家と比べて、アメリカ先住民の生き方に共感するところが多かった。「現代の商業精神」は、彼が卒業式の討論会の参加者に選ばれたときに表明されたものである。ここでも功利主義的、物質主義的な文明が、彼独特のレトリックである逆説で語られている。

さらに当時の知識人を代表するラルフ・ウォルドー・エマソンがコンコードに移り住んでからは、この地は超越主義（直観的に真理を把握し、自然に内在する神との合一を唱える、ロマン主義的な思想）グループの中心地となり、機関誌『ダイアル』（*The Dial*「文字盤、指針盤、日時計」の意味）も発行された。ソローはこの知的雰囲気の中で大きな影響を受けた。

特に大学卒業後、エマソンから薦められてつけ始めた日記（journal と呼ばれ、毎日記入する必要のない自由な日記の形式）は、彼の文学修業上大きな意味をもつ。一八三七年から一八六一年まで二十四年間に及ぶ、二百万語からなる日記は、著作の題材を提供するにとどまらず、十九世紀中葉を駆け抜けた作家の魂の遍歴を明らかにする。また晩年のコンコードの自然観察記録から、彼がエコロジーの分野に知悉《ちしつ》していたことも判明した。

家族に関しては、ソローは四人兄弟の三番目（姉、兄、妹）であった。ソローの父親が鉛筆製造業に関わっていたことはあまり知られていない。ソロー自身『日記』にもほとんど言及していないが、時々手伝い、根っからの探究心旺盛な性格から新しい鉛筆製造法を改良し、ソロー家の家計の安定に貢献している。もっとも彼自身が産業界に対する批判と、家業の板ばさみになっていたことは十分察せられる。また鉛筆製造という劣悪な環境の下で、家系の病である結核に罹りやすかったことは当然推測される。それを救ったのは日課としている散歩であった。

父親からは音楽と文学の才能を受け継いだ。母親は熱心な奴隷制廃止論者で知られていた。自由奔放さと知的好奇心、反骨精神は母親譲りと言われているが、両親ともに自然を好み、子供たちをよく自然の中に連れて行ったことは、後のソローの人間形成に大いに寄与するものであった。

■モラトリアム宣言と恋愛

大学卒業後、ソロー自身の身の上にも様々なことが起きた。その中でも教師辞職事件は、彼が何ものにも束縛されないで生きてゆくというモラトリアム宣言の契機となった。大学卒業後、彼はコンコードの公立学校教員の職を与えられた。当時の不況を考えると、就職先に困らなかった幸運な卒業生の一人である。

ところが非行の生徒に体罰を科するという当時の教育委員会の方針を拒否し、わずか二週間で辞表を提出した。体罰で生徒を変えることができないことは、重々承知していた。おそらくはその前から、公立学校という束縛の多い職場に嫌気が差していたのだろう。鉛筆製造法の改良や後の政治的発言からもわかるように、ソローはビジネスや政治の分野でも十分すぎるほどの才覚があったと言われているが、教師辞職事件は立身出世や世の中の流れに順応しないという彼なりのモラトリアム宣言だったのである。

このようなソローにも青春時代特有の苦悩――恋愛の悩みが浮上した。一八三八年六月、ソローは自ら学校（私塾のようなもの）を開いた。まもなくコンコード・アカデミーの名称を受け継ぎ、経営が順調に推移すると、兄も教員に加わった。ソロー兄弟の学校は、貧しい家庭の生徒からは授業料をとらず、情熱のある生徒には能力を精一杯開花させてやるのだった。

兄弟の学校の特徴は、共学で、教室内での授業のほかに、博物誌や先住民インディアンの歴史を含めた野外学習や体験学習を重視するもので、当時としては画期的な取り組みを導入していた。後には児童文学の古典『若草物語』の著者ルイザ・メイ・オルコットも入学してきた。

一八三九年七月二十日、コンコード・アカデミーの生徒の姉エレン・シューアルがコンコードを訪れたとき、ソローはこの十七歳になる美しい乙女に一目ぼれし、すっかり彼女のとりこになってしまった。七月二十五日付けの『日記』には、「もっと愛する以外に愛を癒す方法はない」（「コラム１」参照）とまで書き記している。

翌年の六月の『日記』には、「先日、純真でとても美しい女性をボートに乗せた。彼女は船尾に座り、僕は一生懸命にオールを漕いだ。僕と大空との間には、彼女がいるだけ」とある。後のストイックなソローを知る者にとっては驚きの一節であるが、多くの若者と同様にソローにも青春時代の淡いロマンスがあったのである。

ところがエレンに魅了されたのは弟のヘンリー・ソローだけではなかった。二歳年長の兄ジョンもエレンに夢中になり、いやむしろ弟より積極的に彼女にアプローチし始めた。ジョンはソローの処女作『コンコード川とメリマック川の一週間』の原型となった二週間の川の旅（一八三九年八月三十一日～九月十三日）を終えるやいなや彼女の実家を訪問し、翌年の七月にはプロポーズさえしたのだった。エレンはこのプロポーズを一旦受け入れたが、両親の説得により断らざるをえなかった。

後のエレンの証言によれば、彼女が本当に好きだったのは弟のヘンリーの方だったということである。いずれにせよ兄が断られたことを知ると、それまで兄に遠慮していた彼はただちに行動を開始し、エレンにプロポーズしている。しかし、このときエレンは父親に相談してから、断りの手紙をソローに書き送った。保守的な牧師である彼女の父親は、エマソンを中心とする超越主義者たちの言動に批判的であったのである。

エレンをめぐる兄弟間のデリケートな問題は、以前のような良好な兄弟関係を続けることを不可能にした。二人の間に修復されることのない深い溝、わだかまりを生じさせたと考えられる。そのようななか、ソロー家の家系の病である結核が忍び寄ってきたのであろうか、兄の健康がすぐれなくなった。ソロー兄弟の学校は一八四一年四月一日をもって閉鎖を余儀なくされた。約三年間の教員生活が人生において唯一の定職と呼べるものであった。

さらに不幸がソローを襲った。一八四二年一月、ジョンがかみそりの傷が化膿して破傷風に罹り、ソローの献身的な看病にもかかわらずあっけなくその短い生涯を閉じたのである。

ジョンの死は、両親や周囲の人々を悲しみのどん底に陥れた。しかし、もっとも大きな衝撃を受けたのはソロー本人にほかならない。兄とエレンをめぐって争った罪悪感と自己嫌悪は激しく、彼は自分自身を見失ってしまった。彼が本当に自立するのは、森の生活を始める一八四五年七月四日まで待たねばならなかった。

■ソローと女性

ソローは禁欲主義者、隠者とまで形容されることがよくある。彼の著作にはほとんど女性が登場しない。しかしながら彼の人生には複数の女性が彼の眼前を通り過ぎて行った。エレンと別れた後、エマソン家の家庭教師になったメアリー・ラッセルに恋心を示している。「東の空低く」（二三頁参照）は彼女を想う失恋の詩なのである。二人の関係はうまくゆかなかったが、後年、エマソンの家の離れを借りて学校を開いていた年上の女性から求婚されたことがある。このときソローは断り、「自分の生涯でこれほどの敵を予想だにしなかった」（『書簡集』一八四七年十一月十四日）と冗談ぽく書き残している。また四十歳ごろには二十歳の女性から好意を持たれたが、つかの間の恋に終わった。

それにしても、ソローが男女の愛、あるいは性について無関心であったというのはまったくの誤解で、性への関心が後の種子への関心につながって行ったことは容易に想像できる。本章で引用した「恋愛論」は、友人ハリソン・ブレイクの結婚祝いに送ったものである。送られたブレイクもさぞかし当惑したことであろうが、二人は生涯真の友情を交わし、ブレイク宛の五十通近くの書簡が残されている。ソローの妹ソフィアは亡くなるときに、ブレイクに兄の『日記』を遺贈したのは、ブレイクが信頼のできる人物であったからである。ブレイクは後にその一部を編集して『ソロー日記』四巻を刊行した。ソローの日記が散逸せず、彼の精神の軌跡と貴重な自然観察の記録が残存したのも、ひとえにブレイクのおかげなのである。

【第二章】

世界を変えた本『市民の反抗』

『世界を変えた本』

1 『市民の反抗』

■『市民の反抗』より

「統治することのもっとも少ない政府こそ最良の政府」というモットーを私は心から受け入れ、またそれがよりすみやかに、組織的に実施されるのをぜひ見たいものである。それが実行に移されるならば、最終的に「まったく統治しない政府が最良の政府」ということになろう……。

無政府主義を自称する人たちとは違って、実際に一市民として意見を述べるとすれば、私はただちに政府を廃止するのではなく、ただちにもっとましな政府を要求するものである。

人には良識というものがないのだろうか。我々はまず第一に人間でなくてはならず、しかるのちに統治される人間となるべきだと思う。

法律が、人間をわずかでも正義に導いたためしなど、一度だってありはしなかった。いや、法律を尊敬するあまり、善意の人々でさえ、毎日のように不正の手先にされてしまう。

大多数の人が、およそ人間としてではなく、機械として、その肉体によって国家に仕えている。

今日のアメリカ政府に対して、そもそもどのような行動が人間らしいのであろうか？　私の答は、そんな政府とは恥ずかしくて関わりたくないということだ。奴隷制容認の政府でもある政治組織を、私は私の政府だとたとえ一瞬でも認めることはできない。

すべての人間は、革命の権利を認めている。

遠慮なく言わしてもらえば、いやしくも奴隷制廃止論者と自称する人は、マサチューセッツ州に対して人間的にも物質的にも支援することを即刻撤回すべきである。一票の差で多数を占めるまで待つべきではない。

人間を不正に投獄する政府のもとでは、正しい人間が住むべき真の場所もまた牢獄である。(Under a government which imprisons any unjustly, the true place for a just man is also a prison.)

孔子は言った。「国家に道がおこなわれているのに、貧しくて卑しいのは恥である。国家に道がおこなわれていないのに、金持ちで身分が高いのは恥である」（『論語』）

私は人から強制されるように生まれたわけではない。自分なりのやり方で呼吸するつもりである。……私を強制できるのは、私よりも高い法則に従う人たちだけである。

植物は、その本性に従って生きることができなければ枯れてしまう。人間だって同じことである。

私は公道維持のための税の支払いを拒んだことは一度もない。悪しき被統治者でありたいと望んでいるばかりでなく、よき隣人でありたいとも望んでいるからである。また、学校維持に関しては、私は仲間の住民教育のために本分を尽くしている。

私が税金の支払いを拒むのは……私の支払ったドルが、人間を買ったり、人間を撃つためのマスケット銃を買ったりするところまでは、たとえできるとしても、追跡したくないからである。

国家が個人を、国家よりも高い、独立した力として認識し、国家の力と権威はすべて個人の力に由来すると考えて、個人をそれにふさわしく扱うようになるまでは、真に自由な文明国は決して現れないであろう。すべての人に対して公正に、一人の人間を隣人として敬意をこめて扱う国家を想像して、私はようやく安堵する。……私はこれまで、そのような国家について想像をめぐらせてきたのだが、まだどこにも見あたらない。

■旧制度を嫌う

僕は人間を愛する。嫌うのは、昔の人間がつくった制度である。（『日記』一八四六年七月二十四日以降）

■逃亡奴隷を助ける

午後五時。自称ヘンリー・ウィリアムスという逃亡奴隷を今しがたカナダ行きの汽車に乗せた。

（『日記』一八五一年十月一日）

2 「マサチューセッツ州における奴隷制度」「ジョン・ブラウン大尉を弁護して」

■法と人間

法は人間を自由にしない。法を自由にしなければならないのは、人間の方なのだ。政府が破っている法を守る人こそ、法と秩序を愛する人だ。

（「マサチューセッツ州における奴隷制度」）

■「ジョン・ブラウン大尉を弁護して」より

彼（ジョン・ブラウン）は行動する人によくあるように、類まれな良識人で、率直な物の言い方をする人でした。なによりも超越主義者であり、思想と原則を重んじる人でした。そこに彼のきわ立った特徴があったのです。気まぐれや一時の衝動に屈することなく、あくまでも人生の目的を遂行しようとしていました。

私が認める唯一の政府とは――首脳部の人数や軍隊の規模は問題ではありません――その国に正義を確

立する政府です。決して不正を確立する政府ではありません。この国で、政府と政府に抑圧された者たちとのあいだに立つ、真に勇気ある正義の士をすべて敵にまわす政府を、いったい我々はどう考えたらよいのでしょうか？　キリスト教徒のふりをして、毎日、百万のキリストたちを十字架にかけている政府を！　私は、シャープ式ライフル銃と連発ピストルは、今回初めて正義のために使用されたと考えるものです。武器はついにそれを使うにふさわしい人間の手に握られたのです。

問題は武器ではなく、それを使う者の精神にあります。彼ほど同胞を愛し、やさしく扱った人間は、いまだかつて、アメリカに現れたことはありませんでした。

彼は自然を超越する存在であることを実証しています。内部に神性のひらめきを持っているのです。

■精神の奴隷制度

奴隷制度とは南部特有の制度ではない。人間を売買する、人間が単なる物や道具に甘んじ、理性や良心という不可譲な権利を放棄するところならどこでも存在する。

（『日記』一八六〇年十二月四日）

解説――『市民の反抗』

■「先生はどうして刑務所に入らなかったのですか」

第三章で詳しく述べるように、一八四五年七月四日、ソローはアメリカ独立記念日にあわせて、ウォールデンの森の中にあるウォールデン湖畔で森の生活を始めた。ちょうど一年が経った一八四六年七月下旬の夕刻、修理を頼んでいた靴を取りに町まで出かけた際、顔見知りで警察官、収税官、看守を兼ねたサム・ステイプルズに出会った。

ソローは過去数年間「人頭税」（二十歳から七十歳までの男性に課される税）を支払っていなかった。ステイプルズは納税を勧めたが、ソローは主義として断固拒否した。やむなくステイプルズは職務を遂行し、ソローを刑務所に連行した。ソローは自らの良心に則《のっと》り、抵抗することなく粛々と、いやむしろ誇らしく刑務所に入って行った。

その夜、事件を聞きつけたソローの叔母と思われる人物がステイプルズの家を訪れ、ソローが滞納していた税金を支払った。ステイプルズは夜も遅いこともあり、ソローを釈放せず、一晩留置場に泊めたのである。この事件が後に「世界を変えた本」の一冊（『市民の反抗』）の執筆の契機になろうとは、ソロー本人も思いも寄らなかったにちがいない。

ソローの伝記『ヘンリー・ソローの日々』を著したハーディングは、「刑務所に入るのは自殺行為の第一歩である」と言ってはばからなかったエマソンが、後日ソローに会って「君はなぜ刑務所などに入ったのかね」と尋ねると、「先生はどうして入らなかったのですか」と言い返され、返答に窮したというエピソード、さらに「メキシコとの戦争を非難しながら、それを助長しかねない奴隷制度を続ける反奴隷主義者の曖昧さよりはましである」というエマソンの日記の一節を紹介している。(1)

■壁を貫く想像力

刑務所に閉じ込められたことで、ソローの想像力はかえって活発化し、過激になった。看守たちはソローを閉じ込めることで「彼の口をふさいだ」と思っていたが、彼の「瞑想はなんの妨害も受けずに、彼らの後について、また出ていったのである。じつはこの瞑想こそ、もっとも危険な存在だったのである」とソローは語る。

この事件は森の生活と同様、コンコードの住民の関心を引き付けた。ソローは彼らの質問に答える形でライシーアム（文化会館）で講演をし、最終的に論説という形で雑誌に公表した。自らの良心に則って当時の奴隷制度やメキシコとの戦争に反対を表明した『市民の反抗』は、十九世紀にはほとんど注目されることはなかった。

ソローのように税金不払いで逮捕された先例はいくつかある。特に有名なのは、ソローの友人であるエイモス・ブロンソン・オルコット（『若草物語』を書いたルイザ・メイ・オルコットの父）は、一八四三年、人頭税不払いで同じくステイプルズに逮捕されている。このときは町の名士であるホア治安判事が税金を支払い、その後はオルコットの家族が支払って彼が投獄されることはなかった。ソローはむしろコンコードの住民に対して悪法の遵守は自らの良心に反することを、印象的に、どちらかといえばかなり芝居がかって訴えたのである。

国家に対する市民の不服従の論理は、ソローの独創ではない。古くは聖書、『孟子』までさかのぼる。アメリカにおいてはボストン茶会事件や独立戦争自体も含まれるが、ソローの『市民の反抗』があまりにも効果的に示したので、いまや国家と個人の関係を考える上で重要な文献となっている。

『世界を変えた本』の著者ロバート・B・ダウンズは、ソローの小著は、聖書、ホメロス、プラトンの古典、ニュートンの『プリンキピア』、アダム・スミスの『国富論』、ダーウィンの『種の起源』、マルクスの『資本論』、フロイトの『夢判断』などとともに「世界を変えた本」の一冊とみなしている。(2) アメリカの著作で選ばれたのは、トマス・ペインの『コモンセンス』、ハリエット・ビーチャー・ストウの『アンクル・トムの小屋』、アルフレッド・T・マハンの『海洋支配力の歴史に及ぼす影響』、レイチェル・カーソンの『沈黙の春』(「コラム13」参照)のみで、『市民の反抗』がアメリカを代表する名著であると同時に世界の名著であることを示している。

なお『市民の反抗』の原題 "Resistance to Civil Government" (一八四九)は、一八六六年以降 "Civil Disobedience" (「市民的不服従」の意味)と題名を変えて出版された。resistance より disobedience の方がソローの主張を明確にしているので、この題名で普及した。これはソローにとって幸運だった。後の非暴力主義の運動家たちは disobedience (不服従)という言葉を好んで使ったからである。

ソローの『市民の反抗』は出版当時まったくと言ってよいほど世間の注目を浴びることはなかった。ところが、二十世紀はじめにある人物の目にとまり、ソローの名前と『市民の反抗』は世界的に知られるようになった。その人物とはマハトマ・ガンジー、言わずとしれたインド独立運動の指導者である。

■マハトマ・ガンジーと非暴力抵抗

時代は二十世紀はじめ、イギリスのオックスフォード大学で法律の勉強をした後、ガンジーは南アフリカで弁護士として人種差別と闘っていた。当時、南アフリカではアジア人登録法が実施されていた。この法は、八歳以上のアジア人出身者に対して登録を義務づけるもので、その内容は住所、氏名、年齢、カーストはおろか、犯罪人のごとく本人であることを証明するための指紋を必要としていた。拒否すれば、罰金か刑務所行きか、あるいは国外追放を免れなかった。

マハトマ・ガンジー

ガンジーはこの「暗黒の法」に接して、「私は世界のどこかの国で、このような性質の法律が自由な人間に対して行われているることを知りません(3)」と述べ、彼自身登録を拒否し、ソローと同じく悪しき政府とは妥協せず、自らの良心に則って刑務所に入って行った。

すでにソローの『森の生活』を読んで、西欧文明の物質至上主義に危惧を感じていたガンジーは、『市民の反抗』を知って、非暴力抵抗の思想的根拠を見出したのであった。彼は「アメリカはソローという師を私に与えてくれた。彼の市民的不服従論は、私が南アフリカでやっていることを科学的に証明してくれた[4]」と語っている。そしてそれまで使っていた「消極的抵抗」(passive resistance) に代わり「市民的不服従」(civil disobedience) を採用し、ヒンズー教徒のためにそれに相当する「サティアグラハ」という言葉を造り出した。これはサンスクリット語の二つの単語を合わせたもので、「魂の力」とか「真実と愛から生まれる力」といった意味である。

ソローに思想的根拠を見出し、アジア人登録法を拒否して自ら刑務所に入った行動は多くの人々の心を動かした。インドに帰国してからも、ガンジーは植民地統治国イギリスに対しソロー流市民的不服従を貫き、何度も逮捕・投獄された。しかしそのたびに大衆からの支持を勝ちとった。ガンジーはたび重なる投獄の際にも『市民の反抗』を持って行ったという。彼にとってそれはもう聖典に近いものであった。やがてガンジーは政治的指導者へと変身し、世界は変わっていった。

■マーティン・ルーサー・キング牧師と公民権運動

一九五五年五月、アメリカの最高裁判所は公立学校における人種隔離策は憲法に違反するという画期的な判決を下した。しかしそれにもかかわらず、黒人差別は一向に衰えなかった。同年十二月一日、アラバマ州の州都モントゴメリーのダウンタウンからバスに乗った黒人女性（ローザ・パークス）が、白人に座席を譲ることを拒否し、逮捕投獄されるという事件が起きた。この女性の勇気ある行動を契機に、人種差別撤廃を求めるバス・ボイコット運動が始まった。

ここに現代の黒人解放運動の原点を見出すことができる。この運動を、愛と非暴力の精神で三八二日間もの長きにわたって続け、輝かしい勝利に導いた指導者こそキング牧師であった。以後彼の名声はアメリカ国内はもとより海外にも広まり、リンカーン大統領が奴隷解放宣言を発してちょうど百年目にあたる一九六三年八月二十八日の、世に言う「ワシントン大行進」へとつながってゆく。

■「私には夢がある」

マーティン・ルーサー・キング牧師

その際キング牧師が、リンカーン記念堂前の広場を埋め尽くした二十万の聴衆に向かって述べた「私には夢がある、私の四人の子供たちがいつの日か、肌の色ではなく、人格の中身によって判断される国家に住むようになる(5)」という有名な演説は、肌の色を超えて多くの人々の共感を得るものであった。

バス・ボイコット運動やワシントン大行進に見られるキング牧師の非暴力運動は、著書『自由への大いなる歩み』の中で述べているように、ジョージア州アトランタのモーアハウス大学時代に読んだ『市民の反抗』に由来する。

そのときの感動が、やがてバス・ボイコット運動を進めてゆく上での理論的裏づけとして結晶するのである。彼はこの運動の信条を次のように説明する。

僕たちが本当にやろうとしていることは、ただバス会社への経済的な支持から手を引くことではなく、むしろ悪しき制度への協力から手を引くことだということがわかってきた。人種的隔離という悪しき制度を表面にあらわしているバス会社は、もちろんボイコットによって痛手をうけるだろう。だが根本的な目的は悪との協力を拒絶することなのだ。ここまできて、僕はソローの『市民の反抗』について考え始め、大学時代に初めてこの本を読んだ時、ひどく心を動かされたことを思い出した。(6)

『自由への大いなる歩み』の最後の文は、「剣をとるものはことごとく剣によってほろびるであろう」(7)である。これまた名言の一つであろう。ガンジーやキング牧師は、ソローのいわば個人的な不服従を集団のレベルにまで進めて、非暴力運動に高めたが、皮肉にも彼らは銃弾に倒れてしまった。しかし市民の不服従の理念は脈々と現在にまで伝えられてきたのは間違いない。チベットのダライ・ラマ十四世やミャンマーのアウン・サン・スー・チーにノーベル平和賞が授与された理由の第一は、暴力の絶えない世界にあって、非暴力運動を実践し、抑圧された弱者のために民主化を進めたからに他ならない。(8)

一見弱々しく見える市民の不服従が最終的に勝利したのは、民衆の心を動かすものが、鉄や鉛による武器の脅しではなく、純粋な愛に裏打ちされた自由と真理を求める彼らの声であったことを教えられる。

もちろんすべての独裁国家で、市民の不服従運動が成功しているわけではないことは歴史の証明するところである。しかし、世界を変えるのは暴力や戦争ではなく、一冊の本に綴られた確固たる思想であることを『市民の反抗』を通して教えられる。

■「マサチューセッツ州における奴隷制度」(一八五四)、「ジョン・ブラウン大尉を弁護して」(一八六〇)

「マサチューセッツ州における奴隷制度」は、一八五四年、逃亡奴隷アンソニー・バーンズが逮捕され、南部ヴァージニア州に送り返された事件に憤慨したソローが、反奴隷制集会で講演した後、雑誌に掲載された。「我が想いは州を無きものにする」などという発言には、明らかに『市民の反抗』のレベルを超えた過激な思想が見られる。

ジョン・ブラウンという人物は、徹底した奴隷制廃止論者で、奴隷制度を容認する政府に対して反旗を翻した。その行動は「プリンシプル」(原則)のためなら命を犠牲にしてまで徹底的に闘い、必要ならば暴力にも訴えるというものであった。一八五六年、ポタワトミーで奴隷制度支持者の住民五人を殺害し、一八五九年には連邦政府の兵器庫のあるハーパーズ・フェリーを襲撃し、捕らえられて最終的に絞首刑を宣告された。

『市民の反抗』で唱えた非暴力による市民的不服従の精神から、ブラウンの暴力使用に訴えるという行動は、ソローにとって矛盾はなかった。ブラウンが神の声に従って行動したこと、たとえそれが暴力を伴っていたとしても、彼の高き理想、良心や勇気に裏づけられた行為としてソローは感銘したのである。その熱狂が「ジョン・ブラウン大尉を弁護して」に一貫して見られる。

もっともソロー自身は暴力を使うことは一度もなく、むしろ否定的であったが、大きな制度改革のために必要な正義の暴力は甘受していたように思われる。実際のところ、『市民の反抗』でも「革命の権利」を認めているし、アメリカ独立戦争ももとはと言えば、アメリカ独立革命(American Revolution)ではなかったか。なおソローは、個人の改革が社会の改革に優先するという信念から、組織の活動に組することはなかった。

Column 2

ソローに影響を与えた書と人物

■ソローに影響を与えた書

ロバート・サッテルメイヤー編『ソローの読書』には、ソローが生涯かけて読んだ約一五〇〇冊の本がリストアップされている。作家としてこの数は極端に少なく、しかも大半がエマソンや図書館から借りて読んだ本で、彼の蔵書は二百冊程度にすぎない。しかし重要なのは読んだ冊数でも、借りた冊数でもなく、本の内容にいかに影響を受けたかである。『森の生活』には「読書」という章が特別にもうけられ、読書は自然観察同様、森の生活を実践する上で必要不可欠な営みだったといえる。

『森の生活』には古今東西の古典からの引用が随所にちりばめられている。西洋では、聖書をはじめとして、ホメロス、シェイクスピア、ミルトン等、東洋では『バガヴァッド・ギーター』、『論語』、『孟子』等、その他旅行記ではバートラムの『旅行記』、ダーウィンの『ビーグル号航海記』等、ナチュラル・ヒストリーではイーヴリンの『シルヴァ――森林樹に関する論』等がある。

数多くの作家、著作の中でも、彼の座右の書となるのは、エマソンの『自然』をおいて考えられない。二人は晩年その生き方の原則において意見を異にするが、エマソン、そして彼の『自然』こそソローを人間的にも、作家としても開花させた最大の人物と書である。

ラルフ・ウォルドー・エマソン

エマソンは『自然』[9]の中で、「自然はいつも精神の色を帯びる」、「自然は精神の象徴である」、「人間と自然は解けぬ絆に結ばれている」と語る。自然は人間が見習うべきモデルとなるのである。そのような自然の典型としてエマソンは森を挙げ、「森の教訓」を列挙する。

森の中では、人々は己の年齢を拭い去って……常に子供になる。

森の中にはいつまでも失われることのない若さがある。

森の中では、我々は理性と信仰を取り戻す。

森の与えてくれる最大の喜びは、人間と植物との間の神秘的な関係である。

森を眺めれば、ふたたび人間に立ち返る。

これらの精神は確実にソローに引き継がれた。ソローは『日記』の中で「森は聖なる場所である」（『日記』一八四二―一八四四年）とさえ語っている。ソローはエマソンの『自然』を読むことで、「森の思想家」への第一歩を歩み始めたのである。

■ソローに影響を与えた人物

一八六二年五月六日、ソローはこの世を去った。五月九日の葬儀の際、エマソンは長い弔辞を述べた。ソローを直接知る人物による最高の小伝である。その中でエマソンはソローに大きな影響を与えた人物として三人を紹介する。

一人は、アメリカン・ルネサンスの代表的詩人ウォルト・ホイットマン（しかしながら詩集『草の葉』の官能的な詩風に嫌悪感を抱いたソローの妹ソフィアの要求で、エマソンの弔辞が掲載された『アトランティック・マンスリー』誌の印刷時に削除されてしまった）。ホイットマンの詩「自分自身を歌う／素朴でひとり立ちの人間を」は、『森の生活』で高らかに謳われた一人称「私」を彷彿とさせる。

次に、『メインの森』の第三部に登場するインディアンのジョセフ・ポリス。もう一人は、奴隷解放論者でハーパーズ・フェリー襲撃事件の指導者ジョン・ブラウン。三人に共通するのは、自らの原則に則って生きる生き方をソローに示したことにほかならない。

これら三人以外にも、当然身近にいた友人エラリー・チャニング（ソローの最初の伝記を執筆）、哲学者・教育学者のエイモス・ブロンソン・オルコット、また晩年ソローと数多くの書簡を交わし、ソロー亡き後彼の日記の一部を出版して、ソローを広く紹介したハリソン・ブレイクがいる。そして誰よりもソローをあたたかく見守った家族のことを忘れてはならないだろう。世間でどのように言われようと、自由奔放なソローの生き方を是認したのは、ほかならぬ家族の思いやりであった。

【第三章】

人生を変えた本
『森の生活』

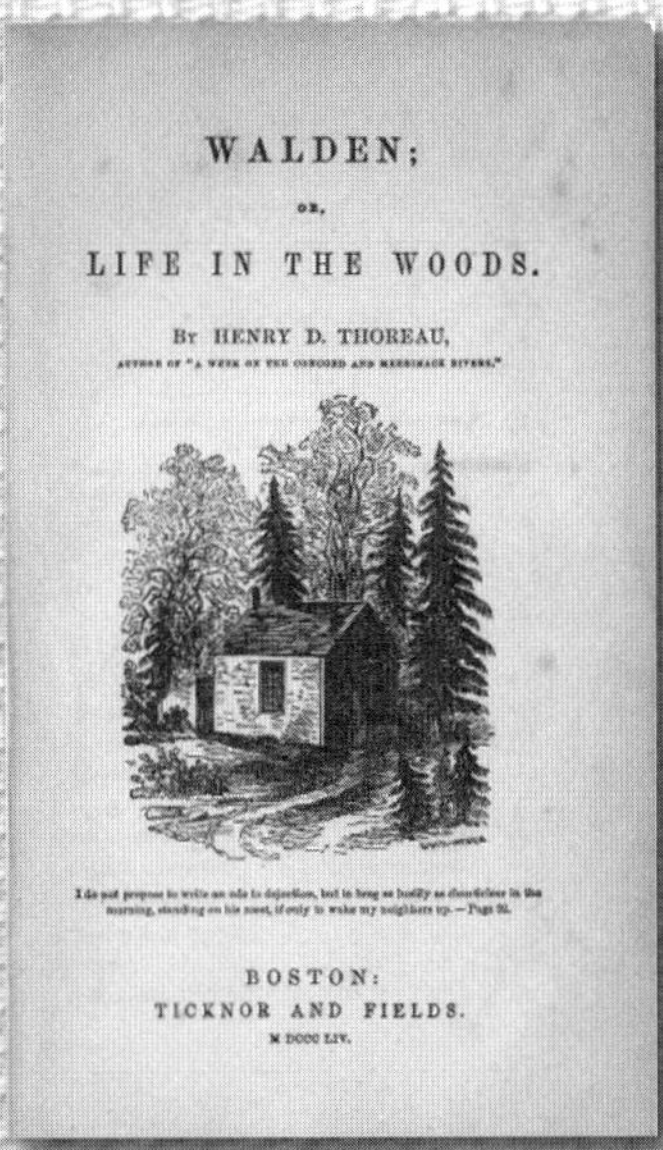
WALDEN;

OR,

LIFE IN THE WOODS.

BY HENRY D. THOREAU,

AUTHOR OF "A WEEK ON THE CONCORD AND MERRIMACK RIVERS."

I do not propose to write an ode to dejection, but to brag as lustily as chanticleer in the morning, standing on his roost, if only to wake my neighbors up. — Page 92.

BOSTON:

TICKNOR AND FIELDS.

M DCCC LIV.

『森の生活』（初版の扉）

1　ネイチャーライティング（自然文学）の胎動

大樹の嘆き

午後フェアヘイヴンの丘にいたとき、鋸の音が聞こえてきた。崖の上に立って見下ろすと、二百メートルほど離れたところで二人の男がいまにも高貴なマツを切り倒そうとしていた。この森が切り開かれて十五年、僕は孤高に揺れるその木の最期を見定めることに決めた。その二人の男たちはまるで気高い木の幹をかじるビーバーや害虫のごとく、横引き鋸を持つ小人のように見えた。

後で測定してわかったことだが、そのマツは高さ三十メートル、おそらく町でもっとも高い木の一つで、弓矢のごとくまっすぐにそびえ、やや丘の方に傾きかげんであった。梢の向こうには氷結した川とコナンタムの丘が見える。

いつ倒れるのかと見守っていると、木こりたちは一旦手を休め、傾きかけている方へ斧を打ち込んだ。その方が早く倒れるからである。そして再度鋸を使うと、二十二・五度傾いた。僕は激しい音を立てて倒れるのではとかたずを飲んで見守っていたが、判断の誤りで、最初と同じ傾きのままで立ち続け、倒れるまで十五分ほどかかった。まるで一世紀の間立っているのが自らの宿命であるかのごとく、枝は風に揺れ、風は昔と同じように針状の葉の間を吹き抜ける。森の木の威容を残したまま、マスケタキッド川に揺れる堂々とした大木だ。

銀色の陽の光が針状の葉に反射する。人の手の届かぬ木の股がリスの巣になっていたのに。コケすらマストのような幹を見捨てることもなかったのに。丘が船体なら、幹は傾くマストである。しかしいまや最期の時が迫ってきた。根元にいた木こりたちは自らの罪を逃れるかのように、罪深い鋸と斧の使用を中止した。

夏のそよ風に身を任せていたかと思われたが、ゆっくりと堂々と倒れ始め、丘に一陣の風を吹き付けると、谷間に長々とその身を横たえた。もはや立ち上がることもなく、羽毛のように柔らかい緑のマントを戦士のごとく身にまとって。立っているのに疲れたのだろうか、いまでは大地に身を横たえているのを静かに喜んでいるようだ。

しかしよく聞くがよい。気づきにくかったが、岩に激しくぶつかったとき、木ですら死に際にはうめき声を発するのである。マツは大地に抱かれ、土と交わる。いまや見る物聞く物すべてに永遠の静寂が訪れている。

僕は丘を下りて、マツを測定しに行った。鋸で切ったところは直径一・二メートル、高さは三十メートルであった。到着するまでに木こりはすでに枝を切り落としていた。優雅な広がりを持っていたあの梢も、まるでガラスで造られていたかのように、山腹にみじめな残骸を呈していた。梢にあった柔らかなマツぼっくりもむなしく見えた。木こりの慈悲にすがるのももう後の祭りというもの。木こりはすでに斧で木を測定し、材木用の丸太として跡を記していた。

マツが占めていた空間はこれから二世紀も空いてしまうことになるのだろうか。マツは材木となり、木こりは空間を汚してしまったのである。春になり、ミサゴがマスケタキッド川の堤をふたたび訪れたとき、いつもの止まり木を見つけようと旋回してももう見つかるわけがない。メスのタカも雛を育てる高いマツの木がなくなったことを大いに嘆くであろう。

二世紀にもおよび天に向かって成長してきた植物が、今日の午後この世から消え去った。梢の若葉は来るべき夏の使者のごとく、一月の雪解けの時期まで成長を続けていたのに。なぜ町の鐘は弔いの鐘を鳴らさないのか。だが弔いの鐘は鳴るどころか、弔問者の行列も見かけない。リスは別の木に飛び移り、タカはずっと遠くの方で旋回して新しい高巣に落ち着いたが、木こりはいまやその木の根元にも斧を打ち込もうと準備をしていたのだった。

（『日記』一八五一年十二月三十―三十一日）

■ニレの木の伐採――樹木の当事者適格

僕はこのニレの木が切り倒され、いわば町の年老いた町民の葬儀に――ふだんは参列することはないが、今日はふさわしいと思ったので――列席した。ここでは僕が唯一の参列者ではないが、主たる人となった。その寸法を測り、墓場では追悼の辞を述べた……。町の長老、議員、牧師は来なかった。……

ニレの歴史は町全体の歴史の半分以上もさかのぼれる。仲間が参列できなかったので、僕が参列したわけだ。切り倒されることは、町の歴史の一つの時代を記すものだと思う。昔の学校の牧師や駅馬車とともに去って行った。その美徳は、毎年毎年着実に成長し、大きくなったことだ。昔のコンコードのいかに多くのものがニレの木とともに倒れたことであろうか。

町の書記はその倒木を記そうとはしない。僕が代わりにしよう。というのも人間の住民よりも町には大切だからだ。人々はニレに記念碑を建てるどころか、切り株でさえ忘れようとする。過去をつなぐもう一つの関連性が壊れてしまった。昔のコンコードのいかに多くがニレの木とともに切り取られてしまったことか。

そのような数本のニレの木だけが町を構成するのだ。ふさわしい代表として、真に尊敬に値するアメリカの固有種が見つかれば、彼らこそ自らのために、州議会に代表を送る主張をしてもよい。我が町は貴重なもののいくつかを失った。……そんなにも長い間優しく見つめてきた木を切るのは、神に対する冒瀆ではなかろうか。

（『日記』一八五六年一月二十二日）

Column 3

文学の緑化——ネイチャーライティングとは何か

自然は人間にとって物質的にも精神的にも有意義なもので、世界中のありとあらゆる場所、ありとあらゆる時代に文学的想像力の主題として描かれてきたのは周知の事実である。とりわけ英米において、自然というテーマを抜きに社会や文化を論じることはできない。

文学の分野でネイチャーライティングと呼ばれるジャンルは、イギリスではギルバート・ホワイトの著書『セルボーンの博物誌』（一七八九、「コラム6」参照）をはじめとして、二百年以上の歴史があり、アメリカではソローがその創始者とされている。彼はホワイト以上に鋭敏な感性で自然を捉え、現在の環境意識を構築する上でなくてはならない作家の一人として大変高い評価を得ている。

ところでネイチャーライティングというのは、自然史(natural history)に見られる客観的・科学的な事実に哲学的・詩的な思索を織り交ぜた、人間と自然をめぐる新しい自然文学と定義される。最近では自然ばかりでなく、人間環境も研究対象とした、包括的な名称である「環境文学」が使用されている。

第二次大戦後、このジャンルは広範囲な影響力をもつ作品を創造してきたにもかかわらず、長い間文学というよりは自然風景の描写、動物の生態描写、環境問題に関する評論という低い評価に甘んじてきた。しかし最近の高度文明の行き詰り、たとえば環境問題ひとつとっても結局は人間の文化や倫理の崩壊が原因であることは明白であり、文学としても時代と積極的に対峙せねばならなかったのは必然といえる。そもそも文学の使命の一つは、時代を描き検証する役割を担っていることである。

これらの諸問題を考察の対象とするネイチャーライティングや環境文学を読み返すことにより、二十一世紀を生き抜くヒントが見出されるのではないかという期待が高まっている。文学においても緑化が始まったのである。

ネイチャーライティングのアンソロジーで研究書を兼ねた『この比類なき土地』の中で、著者のトーマス・J・ライアンはネイチャーライティングの意義として、読者がエコロジカルな物の見方に目覚めることを挙げ、それは同時に人間としての意味を問い直す契機になりうると[1]語っている。要するに、環境文学は読者に「覚醒」を強要し、読者は作品から啓示と目覚めを受け、地球という惑星の中で人間としてどのように生きるべきか、その意味を問い直すことが期待されている。

■自然の権利

引用した「大樹の嘆き」は、一本の大樹の伐採の描写から始まる。コンコードの歴史とともに成長した大樹の意義と、そこに生息する鳥や動物の生命共同体をソローがエレジー風に綴った、ネイチャーライティングの珠玉の一編である。人間と自然との根本的な関係をあらためて問い直す機会を読者に与えたという点で、ソローの最初のネイチャーライティングの一編とみなしてさしつかえないであろう。

「ニレの木の伐採」は、さらに木に市民権を与えるという「樹木の当事者適格」(木に法的権利を与えることをテーマにした南カリフォルニア大学法哲学教授、クリストファー・ストーンの論文名に由来する）を提案する点で、きわめて環境主義的な作品となっている。アメリカ環境思想の系譜の中で、ソローが「自然の権利」について言及したことは重要である。

ソローは『日記』（一八五二年四月二日）の中で、「人間があまりにも主張されすぎている。詩人は研究対象はあくまでも人間であるというが、そんなことはすべて忘れ、宇宙をより広く見るようにと言いたい。人間研究などというのは、人間という種の自惚《うぬぼ》れなのだ」と語って、人間中心主義をきっぱりと否定する。人間中心主義思想こそ、人間という種のもつ最大の不遜な思想であって、ネイチャーライティングはそれを問い直そうとするものである。

2　散歩の心得

ウォールデンの森

■散歩

ぶらつくことは一つの偉大な芸術である。(It is a great art to saunter.)

（『日記』一八四一年四月二十六日）

神から与えられた仕事を怠り、自分の午前と午後の両方を社会に売り渡すなら、生きる価値などまったくない。僕はポタージュのために自らの生存権を売り渡す気は毛頭ない。

（『日記』一八五一年一月十日）

ウォールデンの森は僕の散歩道。

（『日記』一八五二年四月十二日）

森や野原を散歩することほど健康的なことはない。……ここではいろいろなものが僕を高めてくれるからだ。

（『日記』一八五七年一月七日）

■「歩く（ウォーキング）」より

我々は、たとえどんなに短い散歩であろうと、永久不滅の冒険精神で、つまりふたたびは帰らぬ決意で――我らの荒れ果てた王国には、防腐剤を施した己《おの》が心臓だけをせめてもの形見として送り返すくらいの覚悟で――家を出るべきである。両親、兄弟姉妹、妻子、友人に別れを告げ、二度と会わぬ決心がついたなら――借金を返済し、遺書をしたため、いっさいの仕事を片づけ、自由の身となれば――いよいよ散歩に出かける用意が整ったことになる。

私は、一日に少なくとも四時間――たいていはそれ以上――いっさいの俗事から完全に解放され、森を通り抜け、丘や野原を越えて散歩しないでいると、自分の健康や精神を保つことができないような気がする。

散歩をしているときぐらいは、なんとか正気を取り戻したいものだ。森の中にいて、他のことを考えているとしたら、いったいなんのために森へ行くのであろうか？

どの道を歩くかということは、決してどうでもよいことではない。正しい道というものがあるのだ。

■ 野性

我々が野性と呼ぶものは、我々人間の文明以外の文明のことである。（『日記』一八五九年二月十六日）

野性の中に世界は保存される。（「コラム4」参照）（「歩く（ウォーキング）」）

森と原生自然（ウィルダネス）から、人類を元気づける強壮剤とキナ樹皮が得られる。（同）

私は森や草地、トウモロコシが育つ夜を信じている。（同）

Column 4

『野性の中に世界は保存される』
In Wildness Is the Preservation of the World

「歩く（ウォーキング）」は、一八五〇年から一八五二年にかけて書かれた『日記』に由来する。最晩年、「散歩」の部分と「野性」の部分がまとめられて、死後『アトランティック・マンスリー』（一八六二年六月号）に掲載された。「散歩」の部分は、ソローの日課である散歩の高尚な価値を説く。死を覚悟して歩くのはまるで西行、芭蕉、山頭火を思わせるが、もちろん花鳥風月を謳うのがソローの意図ではない。

『野性の中に世界は保存される』

「歩く（ウォーキング）」の中のこの有名な文「野性の中に世界は保存される」は、アメリカのウィルダネス（原生自然）を守る自然保護団体「ウィルダネス協会」のモットーとして長年使用されてきた。一方、自然保護団体「シエラ・クラブ」を率いて国立公園や自然保護区を拡大しようとしていたデイヴィッド・ブラウアーは、自然保護をさらに推し進めるためにシエラ・クラブから本の出版を考えていた。

その一冊が『野性の中に世界は保存される』（一九六二）で、写真家エリオット・ポーターによる写真と、ソローの著作の抜粋からなる。「まえがき」が自然保護運動家のブラウアー、「解説」がソロー研究者のジョセフ・ウッド・クルーチ、そして著者・編者の写真家ポーターという異色の三人がソローを通して結びついたのである。

ブラウアーは知る人ぞ知る、アメリカにおける自然保護運動のリーダー的存在で、アメリカの国立公園の父ジョン・ミューアの跡を継いでシエラ・クラブを率い、多くのウィルダネスを救った人物である。またクルーチは英文学研究や文化研究、とりわけ演劇研究では優れた業績を残したコロンビア大学の教授であった。

しかしクルーチの人生はソローの『森の生活』を読んで変わった。彼はそれまでの人間中心主義的な生き方をやめ、自然や環境に関心を持ち始めた。彼は象牙の塔にこもる生活を捨て、アリゾナ州へと居を移し、その後は自然保護の倫理的な擁護者の道を歩んだ。ここにもソローの本を読んで人生を変えた人物がいた。ポーターは著名な写真家で、多くのアメリカの自然を写真に収め、アメリカの自然保護に貢献した。

ソローの言葉と、美しい自然の写真からなる本書は、自然保護運動史上重要な書の一つとして、現在でも高く評価されている。ソローの世界を視覚的に理解するためには必携の写真集である。

3 『森の生活』

〈エピグラフ（巻頭句）〉

私は失意の歌（イギリスの詩人コールリッジの詩）を歌うつもりはなく、止まり木に止まった朝のオンドリのように、元気よく誇らかに歌いたい。隣人たちの目を覚ますことさえできれば。

■「経済」の章より――人生いかに生きるべきか

〈冒頭の一節〉

以下の頁、というよりもその大部分を書いたとき、私はどの隣人からも一マイル離れた森の中で孤独な生活をしていた。そしてマサチューセッツ州コンコードにあるウォールデン湖のほとりに自分で建てた小屋に住み、生活の糧は手による労働のみであった。私は二年二ヶ月のあいだ、そこで暮らした。現在はふたたび文明社会にもどってきている。

〈愚か者の一生（a fool's life）〉

なぜ生れるやいなや墓を掘り始めなければならないのか。……愚か者の一生。

たいていの人間は静かなる絶望の生活を送っている。

偏見を捨てるのに遅すぎることはない。

人間の能力はまだ決してきわめつくされたのではない。

中国、インド、ペルシア、ギリシアなどの古代の哲学者たちは、外面はもっとも貧しくても内面はもっとも豊かである。

当節では、哲学の教授はいても、哲学者はいない。

新しい服を要求する事業にはすべて気をつけよう。（「コラム1」参照）

文明は家屋を改善してきたが、そこに住む人間まで、同じように改善したわけではない。

〈機械的人間（the tools of their tools)〉

人間は機械以外になる時間がないありさまだ。

人間は自分のつくった道具の道具になりさがってしまった。

〈目的と手段〉

現代の発明は、いつも我々の注意を真面目な事柄から逸らしてしまう玩具にすぎない。それらは改善されない目的を達成するための改善された手段にすぎない。

いちばん速い旅行者は徒歩で行く人である。

私には、人間が家畜を飼っているというよりも、家畜が人間を飼っているように思われてならない。家畜の方がはるかに自由である。

一片の良識の方が、月の高さほどもある記念碑よりも意義がある。

〈豊かさとは何か〉

人は物を持てば持つほど、いっそう貧しくなる。

私は二年間の体験から、このような緯度のもとに暮らしていても、必要な食料を手に入れるにはほとんど労力を要せず、人間は動物と同じような簡単な食事でも、健康と活力を維持できることを学んだ。

人間は必需品が欠けているためにではなく、贅沢品が欠けているために、飢え死にしかかることがよくある。

腐敗した善から立ち昇る悪臭ほど胸の悪くなるものはない。

■「住んだ場所と住んだ目的」の章より――森の生活を始めた理由

〈日日新〉

私はギリシア人と同様に、曙の女神を心から崇拝してきた。朝は早く起き、湖で沐浴した。それは一種の宗教的儀式であり、私が行った中でももっともよいものの一つだった。湯王の沐浴盤には、「苟に日に新たにせば、日日に新たに、また日に新たなり」(『大学』)との銘が刻まれていたという。

目覚めていることは生きていることだ。

〈もっとも有名な一節――森に行った理由〉

私が森に行ったのは、悠然と生き、人生の根本的な事実にのみ直面し、できればその教えを学びたいためであり、いよいよ死ぬときになって、自分が生きてきた証しがほしかったからである。私は人生とはいえないようなものは望まなかった。生きるということはそんなにも大切なものだから。……私は深く生き、人生のすべての精髄を吸い出したかったのだった。

〈シンプリシティ——簡素に生きる〉

我々の人生は些細な問題に浪費されている。

簡素に、簡素に、簡素に！ (Simplicity, simplicity, simplicity!)

簡素にしよう、簡素に。(Simplify, simplify.)

我々が鉄道に乗るのではない、鉄道が我々に乗るのだ。

なぜ我々はこうもせわしなく、人生を無駄にしながら生きなければならないのか？

一つで十分である。(One is enough.)

■「読書」の章より——一冊の本が人生を変える

座して魂の世界を駆けめぐること。これが書物を読むことによって得られた利益である。

古典とはもっとも気高い記録された人間の思想である。それは今も滅びず残っている唯一の神託であり、そこには、どれほど現代的な問いに対しても、デルフォイのアポロの神託や、ドドーナのゼウスの神託も決して与えてくれない解答が記されている。古いというなら、「自然」の研究もやめてしまわなくてはならない。正しく本を読むこと、つまり本物の書物を本物の精神で読むことは気高い修練である。

最良の書物は、よい読者と呼ばれる人々によってすら読まれていない。

人類の叡智の記録、あるいは古代の古典や聖典となると、その気になればだれでも簡単に入手できるのに、親しもうとする努力はほとんどなされていない。

これまでにも、どれほど多くの人が、一冊の書物を読むことによって人生に新たな時代を築いたことであろうか。

〈黄金の言葉〉

一ドル銀貨を拾うためなら、人はかなり脇道にそれることもある。だが、ここ（聖典）には、古代のもっとも賢い人々が口にし、その後あらゆる時代の賢人たちが、その価値を保証してきた黄金の言葉があるのだ。

〈知のアーチ〉

必要とあれば、川にかける橋を一つ節約して少し遠まわりすることにし、我々をとりまく、川よりも暗い無知の深淵に、せめて一つのアーチをかけることにしようではないか。

■「音」の章より

〈生活の余白を愛する（I love a broad margin to my life.）〉

現在のこの咲き匂う花のような瞬間を、頭の仕事にせよ手の仕事にせよ捧げてしまうのは惜しく思った。私は生活に広い余白がほしかった。

時々夏の朝には、いつものように水浴をすませた後、日あたりのよい戸口に日の出から昼まで想いにひたって座っていたものだった。……あたりでは鳥が歌い、家の中を音も立てずに通り抜けていった。やがて西側の窓に差し込む日ざしや、遠くの街道を行く旅人の馬車の響きで、時間の経過に気づくのだった。こうした季節に、私は夜のトウモロコシのように成長した。そのような季節を楽しむのは、どんな仕事をするよりもはるかにすばらしいことだった。それは私の生活から差し引かれた時間などではなく、むしろ私に割り当てられた余白であった。私は東洋人の言う瞑想とか無為の意味を悟った。

楽しみを外の世界に求めて、社交界や劇場に出かけざるをえない人よりも、私の暮らし方には少なくとも一つの利点があった。それは自分の暮らしそのものが楽しみであり、いつも新鮮さを失わなかったことだ。それはつぎつぎと場面が変わる、終わりのないドラマであった。

■「孤独」の章より

甘美な夕べだ。全身が一つの感覚器官となり、すべての毛穴が歓びを吸いこんでいる。私は「自然」の一部となって、不思議な自在さでそのなかを行きつ戻りつする。……私は風にざわめくハンノキやポプラの葉に共感して息が詰まりそうだ。

自然の只中に住み、五感を有している者にとって、ひどい憂鬱症はありえない。

四季を友として生きるかぎり、私は生を重荷と感じることはない。

私は孤独が好きだ。孤独ほどつきあいやすい友はいない。……孤独は、ある人間とその友とをへだてる距離によって測れるものではない。

太陽は独りである。

■「マメ畑」の章より――動物の権利

ウッドチャック（北米産のマーモット）は畑の四分の一エーカーをきれいに食い荒らしてしまった。だが雑草を取り除き、昔から彼らのものだった花園を掘り返したりする、どんな権利も私にあろうはずがない。

雑草の種は小鳥たちの穀物庫になるのだから、雑草が生い茂ることも喜ぶべきではないか？

■「村」(2)の章より――迷子の薦め

森の中で道に迷うのはいつでも驚くべき、記憶すべき貴重な体験である。迷って初めて、言い換えれば世界を見失って初めて、自分自身を見出し、自分の位置や無限のつながりを悟ることになる。

風景の中でもっとも美しい湖

■「湖」の章より――ウォールデン湖は神のしずく

ウォールデン湖は同じ視点から見ても、あるときは青く、あるときは緑だ。そこは大地と天の中間にあるので、両方の色を帯びている。

湖は風景の中で、もっとも美しく表情に富んでいるのが特徴である。そこは大地の目だ。そこをのぞきこむ者は、自己の本性の深さを測ることになる。

ウォールデンの湖畔こそ、神と天国にいちばん近づくことができる場所である。

〈怠惰の美学――尊い無為〉

無為（湖面にボートを浮かべ、風まかせに漂うこと）ということが、もっとも魅力的で生産的な仕事だった。

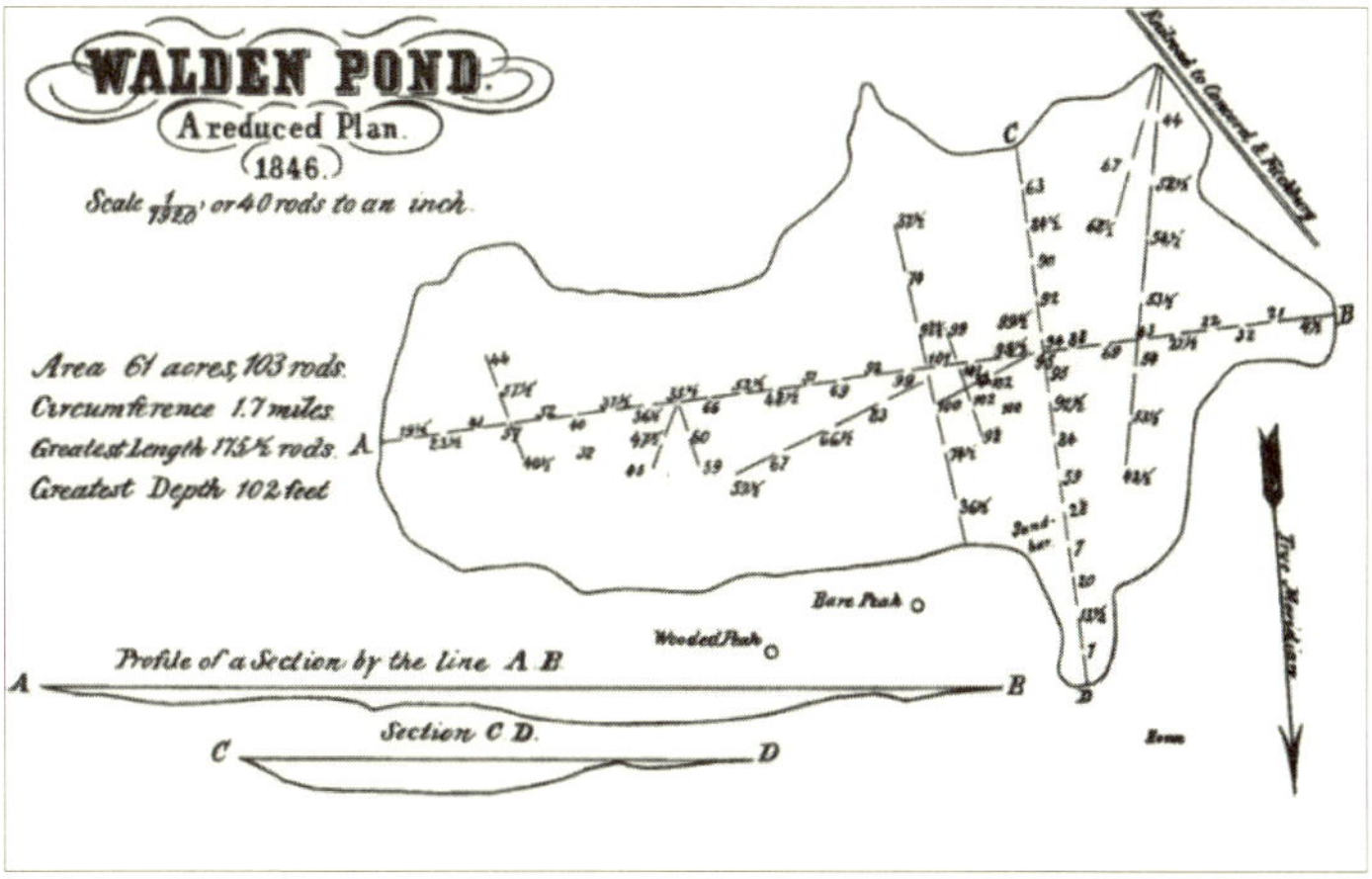

ソローが測量した湖の地図

(idleness was the most attractive and productive industry)（「コラム1」参照）……私は金銭ではなく、うららかな時間と夏の日々において豊かであった。

■「より高い法則」の章より

「人間が禽獣と異なるところはきわめてわずかである。庶民はそれをすぐに失い、君子はそれを注意深く保っている」（『孟子』）

努力から知性と純粋さが生まれ、怠惰から無知と肉欲が生まれる。

■「冬の湖」の章より

天国は我々の頭上にあるばかりでなく、足下にもある。(Heaven is under our feet as well as over our heads.)（一八七

頁参照）

■「春」の章より――再生へ

森に住む魅力の一つは、春の訪れを見るゆとりと機会がもてそうだということだった。どの季節も訪れると最高の季節に思われるが、春の到来は「混沌」からの「宇宙」の創造であり、「黄金時代」の到来であるかのようである。

我々の村の生活は、周囲の未探検の森や草地がなければ、淀んだものになってしまうであろう。我々は野性という強壮剤を必要とする。

■「むすび」の章より――覚醒への道

精神の新大陸や新世界を発見するコロンブスになりなさい。

古代の哲学者の教えに従って汝自身を探検すべきである。(Explore thyself.)

〈森を去った理由——精神の轍《わだち》〉

私は森に行ったときと同じくもっともな理由があって森を去った。おそらく私には生きるべきいくつかの別の人生があり、森の生活だけにあれ以上の時間を割くわけにはいかない気がしたからである。

我々はいかに容易に、しかも知らぬ間にある特定の道にはまり込み、踏みならされた道をつくるかは驚くほどである。住んで一週間とたたないうちに、私の足は戸口から湖畔へと通じる小道をつくっていた。……地球の表面はやわらかく、人間の足跡を残しやすいが、精神がたどる道も同様である。……伝統や妥協には深い轍が刻まれている。

〈夢を追いかけて〉

私は実験によって、少なくとも次のことを学んだ。もし人がみずからの夢の方向に自信を持って進み、想像どおりの人生を生きようと努めるならば、ふだんは予想もしなかったほどの成功に遭遇するだろう。

生活を単純化するにつれて、宇宙の法則は以前ほど複雑には思われなくなり、孤独は孤独でなく、貧困は貧困でなく、弱さは弱さでなくなる。

〈異なる太鼓手〉

なぜ我々は、これほどむやみに成功を急ぎ、事を成り立てようとするのであろうか。ある男の歩調が仲間たちの歩調とあわないとすれば、それは彼が他の鼓手のリズムを聞いているからであろう。自分が聴く音楽に合わせて歩もうではないか。（九七頁参照）

自分の人生がどんなにつまらなくても、それを直視し、生きよ。

世間は変わらない。変わるのは我々だ。衣服を売っても、思想は売るな。

〈高き志をもて〉

三軍もその師を奪うべし。匹夫も志を奪うべからず。（『論語』）

余分な富は余分なものしか買うことができない。魂の必需品を買うのに金銭は必要ない。

愛よりも、金よりも、名声よりも真理を私に与えてほしい。(Rather than love, than money, than fame, give me truth.)

〈『森の生活』の最後の文〉

我々が目覚める日だけが夜明けを迎えるのだ。新たな夜明けが訪れようとしている。太陽は夜明けの星にすぎない。(The sun is but a morning star.)

Column 5

『森の生活』の最初の翻訳者・実践者

■『森の生活』の最初の翻訳者

『森の生活』は現在までに十指に余る翻訳がなされている。アメリカ文学の作品としては、きわめて異例のことである。需要があるから次々と翻訳出版されるとすれば、『森の生活』は日本人の好みに合った作品といえる。特に題名の「森の生活」は、伝統的に森を身近に感じてきた日本人にもなじみやすく、内容においても東洋的な思想は受け入れやすい。

題名から鴨長明の『方丈記』を連想する読者も多いだろうが、ソローは森の隠者というよりは、「森の思想家」と呼ぶ方がふさわしい。鴨長明のように人生の無常を描くのではなく、ソローが自らの生きる可能性に関心を持っていたという点では、きわめて対照的である。

『森の生活』が初めて翻訳されたのは、出版後五十七年を経た明治四十四年（一九一一）のことである。翻訳者は水島耕一郎。出版当時は著者名は「トロー」、訳書名は『森林生活』であった。翻訳者の水島は東京帝国大学英文科に入学後、専攻を哲学（美学）に変更している。とはいえ、英語力は相当なもので、当時『萬《よろず》朝報《ちょうほう》』（日刊新聞）の英文欄担当主筆だった山縣《やまがた》五十雄《いそお》が彼の英語力を見込んで翻訳を薦めたのであった。

『森林生活』の序文において、山縣はアメリカが物質文明により堕落することなく健全な常識と高尚な理想を持っている国であることに驚きを隠さない。文明と人民がほどよく調和した精神風土がどこから由来しているかを考えたときに、彼はアメリカの偉人たちの思想にその原因を求めた。山縣にとって、その一人がソローだったのである。拝金主義がまかり通る日本の現状を見て、その行く末を案じた山縣は『森林生活』の翻訳出版を思いついた。

ソローの気性も水島に合っていた。山縣によれば、「其理想の高きに於て、其毫末《ごうまつ》も虚偽のなきに於て、其超俗非凡なるに於て、水島君は真に我国のトローである」[3]。『森林生活』は発行後二年で九版を重ねた。当時、『簡易生活』という雑誌が出版されるなど時代の状況も幸いしたが、日本の知識人に、アメリカの思想を学ぼうとする進取の精神があった。

米國 トロー 原著
文學士 水島耕一郎 譯
森林生活
東京 文成社發兌

『森林生活』（初版）

■『森の生活』の最初の実践者

作家武者小路実篤は大正七年（一九一八）、宮崎県日向に「新しき村」を建設した。その前に、『森の生活』を読んだと語っているので、比較的早いソロー体験者だと思われる。ただソローは個人主義に徹し、当時流行したユートピア共同体に参加を促されても断ったのに対し、武者小路実篤は共同体という理想郷に固執した。

真の意味で森の生活最初の実践者は、詩人の野沢一であろう。

『森の生活』の影響を受けて、山梨県四尾連湖畔に丸太小屋を建て四年余りの思索の生活をしている。この体験をもとに書かれた詩集が『木葉童子詩経』（一九三四）である。

解説――『森の生活』

■森への旅立ち

一八四一年四月一日、兄の体調がすぐれないままソロー兄弟の経営する学校は閉鎖を余儀なくされ、ソローは書生としてエマソン家へ移った。両親の家ではかなえられない自由と思索の場が提供されたのである。彼はエマソンの膨大な蔵書に触れることができ、人間的にも精神的にも成長していった。この期間はいわばソローの修業時代ともいえる。

ところが翌年の一月、兄のジョンはかみそりのわずかな傷から破傷風を発病し、弟の熱心な看病もむなしく早逝した。ソローは再度生きる意味を考えざるをえなかった。兄が亡くなる前からソローの心にはある計画が芽生えていた。それは自然の中で小屋を建てて生活しながら、思索を通して自分を見つめ直すことである。自然の中とは、荒々しい原生自然（ウィルダネス）ではなく、四季があり、その中で動植物が人間と共存できる多様性のある場所であった。

彼の念頭にあったのは、彼自らが「湖水地方」と呼ぶ、生地コンコード周辺の森や湖、川、野原に恵まれた地である。具体的にウォールデン湖を意図していたのは、「僕はすぐにでも出かけて行って湖畔に住みたい。そこで葦の葉の間を吹く風の音のみが聞けるだろう――自分自身の跡をそこに残すことになれば成功なのだろうが、友人はそこへ行って何をするつもりかときく。季節の推移を見守るだけでも十分な仕事ではなかろうか」（『日記』一八四一年十二月二十四日）からも推測される。

だがいくらソローといえども他人の土地に勝手に住むわけにはいかない。もちろん西部に行けばいくらでも無料で手に入る土地はあった。しかしソローは生まれ育ったコンコードを離れるつもりは毛頭なかったのである。

彼の夢は思わぬ状況の変化で実現した。一八四四年九月、エマソンが自らの思索の場として、ウォールデン湖畔の森林地を購入したのである。早速師の許可をもらったソローは、翌年の春には小屋建設に取りかかった。友人のチャニングから「自分自身を燃焼し尽くせ」（『書簡集』一八四五年三月五日）と励ましの手紙をもらった。

■一八四五年七月四日——人間再生の旅立ち

二十八歳の誕生日を八日後にひかえたソローは、あえて町外れにあるウォールデンの森へと入って行った。多くの開拓者たちがフロンティアを目指して西部に分け入った時代、ソローの行為は時代錯誤もはなはだしく思われたかもしれない。まして当時の住民は、森の中に足を踏み入れることで人間性が野獣に堕落することを極度に恐れていた。そのため森は伐採して、畑にし、樹木は家の建築材にするか、燃料の薪にするのが最良の使い道であった。しかしソローにはソローなりの信念があって森の中へと入って行ったのである。

ソローの森への旅立ちは、表向き、兄とともに出かけた旅行記の執筆（一八四九年に出版される『コンコード川とメリマック川の一週間』）の時間を得ることだった。しかし『森の生活』の中で述べているように、自らの生きた証しを残したかったからにほかならない。七月四日はアメリカ独立記念日である。多くの人が記念日を祝う中、ソローはひっそりと、いや胸ははち切れんばかりの高揚感で森に入って行った。

だれにも祝福されることのない旅立ちだったが、この日は人類にとって記念すべき象徴的な日となった。今から一七〇年前、一人の男、大統領でも軍人でも牧師でもない無名の青年が森に分け入って、森の生活を始めたことが、後世の人々の生き方を大きく変えることにつながっていったのである。ソローの実験生活は、昼間は太陽を、夜は月と星を背景に、森に囲まれた美しい湖のほとりを舞台にして繰り広げられた、壮大な人間再生のドラマである。住み始めた翌日の『日記』では、「このような家こそ人間が人間になれる」と高らかに叫ぶ。後年「僕の人生はエクスタシーであった。僕は生きていた」（『日記』一八五一年七月十六日）という時の経過がこれから刻まれることになる。

■『森の生活』とは何か

ソローは、ガンジーやキング牧師などの非暴力運動に精神的拠り所を与えた『市民の反抗』の著者として世界的に知られているが、同時に、現代の人間の営み（過度に物に依存する物質文明社会）、それによる地球環境の悪化が顕在化する中で、我々の生き方を見つめ直す書として、『森の生活』が読み継がれている。

ソローの小屋（レプリカ）

『森の生活』とは、ソローが自宅近く、ウォールデンの森の中にあるウォールデン湖のほとりで、自ら建てた小屋で二年二ヶ月二日、簡素で高き想いの生活を実践した体験をもとに書かれた随筆である。確かにおびただしい自然観察や牧歌的な生活が描かれているが、ソローは単なる自然誌や包括的な自然保護論を書くつもりはなかった。それらはむしろ『日記』の方が詳しい。

『森の生活』の意図は、文明の進歩によって物に囚われ始め、「静かなる絶望の生活」を余儀なくされている人々に、自然の精神的意義を教え、人間と自然との関係を政治、経済、宗教、文化、自然史などの多角的な視座から問い直して、十九世紀中葉に生きる望ましい人間像を提唱することであった。ある意味で変身・再生の寓話物語とも解釈できるであろう。

■ 森と湖

「まえがき」で述べたように、『森の生活』の原書初版の題名は『ウォールデン――森の生活』であったが、ソローは「森」だけでなく「湖」にも注目してほしかったのだ。そのため二刷以降副題を削除し、『ウォールデン』となった。実際のところ、ウォールデンの「森の生活」と「湖畔の生活」の両方が語られている。いやむしろ「湖」がこの作品の中心的な存在であることを見逃してはならない。繰り返すが、「湖は風景の中で、もっとも美しく表情に富んでいるのが特徴である。そこは大地の目だ。そこをのぞきこむ者は、自己の本性の深さを測ることになるだろう」(「湖」)という言葉が重要なのである。

とかく自給自足と晴耕雨読の理想的な自然の中の生活、あるいはログキャビンを建て、自然観察やアウトドアを楽しむ案内書と捉えられがちだが、実際の内容はそれらをはるかに凌駕する深い哲学的思索に満ち溢れている。ソローの関心が有意義な人生は如何に生きるべきかという人間にとって根本的な問題にある以上、自然や社会のありとあらゆる現象が語られ、単一の解釈を拒んでいる。百人百様の読み方があり、これがまたこの作品の魅力でもある。

『森の生活』の現代的意義

ここでは『森の生活』の現代的意義を、1「現代文明を問い直す」、2「生の証しを刻む」、3「新しい自然観」、4「簡素な生活」、5「高き想い」の五つの視点から考察することにする。

1　現代文明を問い直す

地球が病んでいる。自らの生存と繁栄にのみ執着してきたホモ・サピエンスという、たった一つの種の活動が、地球という惑星のキャパシティーを超えてしまったからである。地球規模の環境破壊を目の当たりにし、文明は曲がり角に来ているように思われてならない。

従来、文明の進歩とは善であり、人類の幸福につながるという大前提があった。しかし現状を見るかぎり、文明の進歩のすべてが必ずしも善や幸福につながるという図式は成り立たなくなったように思われる。人類が一生懸命築き上げてきた高度物質文明は、皮肉なことに私たち自身の生存さえ危うくする。あるエコロジストによれば、いまや文明の進歩はその利益よりも危険性の方が大きいという。福島の原発事故がこれを象徴的に物語っているのではないだろうか。

なぜこのような状況に陥ったのか。それは文明が基本的に人間中心主義的であるからである。人間中心主義思想とは、すべての価値の尺度が人間にあるという、きわめて尊大かつ不遜な人間優越思想である。私たちの高度物質文明が行き詰っているとすれば、それに代わる新しい「文明」を構築しなければならない。『森の生活』は現代文明を見直す多くの示唆に富み、私たちの生き方に警鐘を鳴らしている。

2　生き方を見直す ── 生の証しを刻む

すでに述べたように、二十七歳のソローは自宅近くの森の中に小屋を建て、森の生活を始めた。十九世紀半ば、森を切り開くことが文明化の第一歩と信じてやまなかった時代、ソローの森の生活は当時の人々にとって時代錯誤もはなはだしく映ったにちがいない。

しかし、彼は文明に内在する物質性や人工性、複雑さが、真実から人間の目をそらし、精神を歪め、最終的に人間の尊厳さえも奪ってしまうのではないかと恐れていた。彼のこの信念が、後の人々の生き方を大きく変えることになった。

「なぜ我々はこうもせわしなく、人生を無駄にしながら生きなければならないのか。我々は空腹になる前から、飢え死にすることを決めつけている」。これに対する彼なりの解答は、悠然とした自然の中で自らの可能性をためし、生きている証しを刻むことだった。

ソローは森に行った理由を次のように語る。「私が森に行ったのは、悠然と生き、人生の根本的な事実にのみ直面し、できればその教えを学びたいためであり、いよいよ死ぬ時になって自分が生きてきた証しがほしかったからである。私は人生とはいえないようなものは望まなかった。……私は深く生き、人生のすべての精髄を吸い出したかったのだった」

人間存在の画一化、生の希薄化が進行し、人間的輝きが失われる中で、この一節ほど生の重みを教えてくれるものはない。喪失感や倦怠感、猜疑心につかれた現代人の心を捉えて離さない名言である。自然の摂理に則り、自然に学びながら生きる、至極当然な生き方が現在危機に瀕している。ソローの『森の生活』は人生の意味を模索している多くの人々に生きるヒントを与えてくれる。

3　新しい自然観——自然の権利

『森の生活』の中に「マメ畑」という章がある。自給自足のためにソロー自身が耕した畑である。マメ畑はそのままにしておくと雑草が生い茂り、時にはウッドチャックという小動物に荒らされる。しかし考えてみれば、畑は彼らの生息地の一部を破壊してつくられたものであり、ソローは同じ生態系の一員である彼らの権利を認めてやるのであった。雑草も鳥の餌として残しておいた。このような人間以外のものにも存在意義を認め、自然に対する謙虚な姿勢は、少なくとも十九世紀のアメリカでは斬新な感覚であった。

自然を資源としてではなく、対等のパートナーとして接する彼の思想は、人間中心主義に取って代わるエコロジカルな思想で、生命中心主義と呼ばれるものである。ソローの思想は現代の環境倫理にも生かされており、彼は現代の自然・環境保護思想の基礎を築いた人物として高く評価されている。（「コラム9」参照）

4　簡素な生活——真の豊かさとは何か

ソローの森の生活は、自給自足と晴耕雨読をもとにした生活で、何事にも拘束されない自然のままに生きる、いたって自由気ままな生活である。畑を耕し、読書や執筆、散歩で一日は悠然と過ぎる。彼は「生活の余白を愛する」（「音」）、「金銭ではなく、うららかな時間と夏の日々において豊かであった」（「湖」）と語る。曜日や時間に細分化され、時計の刻みでせきたてられる文明社会から逃避し、太陽や月、星、動植物の動きで一日を実感する。ソローは森に入るとき、時計と銃を捨てた。本質的なものとの遭遇を望む者にとって、文明の利器は極力控えねばならなかった。

彼の森の生活を一言で要約すれば、「簡素な生活・高き想い」(plain living and high thinking) になろう。イギリスの桂冠詩人ワーズワスの有名なこの言葉は、日本語の「清貧の思想」と一致する。

かつて中野孝次は『清貧の思想』(一九九二) の中で、「大量生産＝大量消費社会の出現や、資源の浪費は、別の文明の原理がもたらした結果だ。その文明によって現在の地球破壊が起ったのなら、それに対する新しいあるべき文明社会の原理は、われわれの先祖の作りあげたこの文化――清貧の思想――の中から生まれるだろう[4]」と語った。かつて死語とさえ思われた「清貧」の思想を復活させた意義は大きいし、日本におけるソローの評価を考える上でも重要である。

なお同じく中野孝次が編集した『人生を励ます言葉』(一九八八) では、「太鼓の音に足の合わぬ者を咎《とが》めるな。その人は、別の太鼓に聞き入っているのかもしれない」(「むすび」)、「大部分の贅沢は、そして多くのいわゆる人生の慰安物は、人類の向上にとって不可欠でないばかりでなく、積極的な妨害物である」(「経済」) を取り上げ、『森の生活』を「現代のぼくらの生活にも貴重な示唆を与えてくれる本[5]」と評価している。

ソローが「簡素に、簡素に、簡素に!」と繰り返し叫ぶシンプリシティの哲学によれば、「人は物を持てば持つほどいっそう貧しくなる」(経済)、「人は無しにすませる物の数に比例して豊かである」(「住んだ場所と住んだ目的」) と説く。豊かさの尺度は物の量ではないのである。むしろ必要以上の物は、物事の本質を見失わせてしまう。ソローは、「もし私たちが簡素に賢明に生きるならば、この地上で我が身を過ごすのは苦労ではなく楽しみである」(「経済」)とも語っている。シンプルライフの生き方は、現代文明の行き過ぎに対する倫理的規範となる。

以前、欧米でも『成長の限界』とか『スモール　イズ　ビューティフル』という本が出版された。しかし、物質的豊かさを求めるホモ・サピエンスの耳には届かなかった。行き過ぎた生産と消費が、地球という惑星に大きな負荷となっていることが理解され始めたのは、昨今の地球環境問題が表面化して以降のことである。

シンプリシティというと、なにか禁欲的なイメージがつきまとうが、ソローは、むしろ物の拘束から脱し、自由な生き方そのものと捉える。彼は「シンプリシティには二種類ある。一つは愚かさに近いもの、もう一つは、知性に近いものである。哲学者は外面的には質素だが、内面的には豊かである」(『日記』一八五三年九月一日)と語る。現代のディープ・エコロジーの哲学や「ミニマリスト(物を持たない暮らし)」に近い考え方である。シンプリシティの哲学は、いつの時代にも物質的欲望に溢れた社会に、「謙虚さ」と「自制」を促すのである。

5　高き想い——日日新

『森の生活』は表面的な衣・食・住の日常生活(簡素な生活)と、それを実践する人の意識下に生じる内面生活(高き想い)から成り立っている。したがって単なる貧しい生活を自然の中で送ったからといって「森の生活」になるわけではない。自然に学び、高き想い（自己を高めるための思索）を伴ってこそ真の「森の生活」が可能なのである。

ソローは自然に教えられることがたびたびあった。その一つに、大地に根をしっかりと下ろし、枝や葉を天に向かって無限に伸ばしてゆく樹木の生き方である。彼は自然に学び、自然の摂理に則って生きていくことが、自己を無限に成長させていく道であることを悟った。

『森の生活』の構成は、夏から秋、冬を経て春で終わる一年の四季の循環となっている。春は草木が萌えいずるごとく、自然の再生の時だ。「春」の章は、変化、変身のおびただしいイメジャリーに満ち満ちている。自然の再生を目の当たりにしたソローは、人間精神もかくのごとくありたいと望むのである。

森の生活の座右の銘として、「日日新」（『大学』）が掲げられ、さらに最終章「むすび」では、「三軍もその師を奪うべし。匹夫も志を奪うべからず」（『論語』）が引用されていることからもわかるように、志を高く持つこと、すなわち高き想い、そして自己覚醒、自己変革、自己再生こそ『森の生活』の真髄なのである。森の生活とは、それを実践する人が常に志高く目覚めて自己完成に努めるきわめて高尚な生活といえよう。

■『森の生活』と日本

『森の生活』には日本人にもなじみのある『論語』や『大学』、『孟子』からの引用が数多くある。特に多いのが『論語』で、例えば「知るを知るとなし、知らずを知らずとせよ。これ知るなり」、「徳は弧ならず、必ず隣あり」、「君子の徳は風なり。小人の徳は草なり。草はこれに風を上《くわ》うるとき必ず偃《ふ》す」、「三軍もその師を奪うべし。匹夫もその志を奪うべからず」などである。

ソローは中国だけでなくインドの聖典も数多く読み、その一部を翻訳までしているが、このような東洋への関心は、エマソン家での書生時代にエマソンの東洋関係の蔵書に触れたときに始まる。西洋の合理主義と異質の東洋の古典は、ソローの性格に合ったようだ。

また、注目すべきは「まえがき」で言及している鈴木大拙が『森の生活』に禅的要素を見出したことである。簡素な小屋に住み、簡素な生活を実践し、毎朝湖で身を清め、瞑想するソローの姿は禅僧を思わせる。鈴木大拙は『禅と日本文化』の中で、日本文化に特徴的な「わび」をアメリカ人読者に説明するために、ソローの森の生活を例に挙げる。

「日常生活の言葉で言えば、わびはソローの丸太小屋にも似たわずか二、三畳の小屋に起臥して、裏の畑から摘んだ蔬菜の一皿で満足することであり、静かな春の雨の粛々たるに耳を傾けることでもある。……神秘的な『自然』の思索に心を安んじて静居し、そして環境全体と同化して、それで満足することの方が、われわれ、少なくともわれわれのうちのある人々にとって、心ゆくまで楽しい事柄なのである」(6)

大拙が言及しているのは、『森の生活』「孤独」の章にある一節である。

折から静かな雨の最中だつたが、不意に、自分は自然といふものに、しとしと降る雨の音に、わが家を取まく一切の音と眺めに、平和な恵溢れた交らひを、自分を支へる雰囲気ともいふべき無限にして説き尽

しがたき親しみを、感得して……。松の一葉々々も自分に好意をみせて、ひろがり張つて親しみを寄せた。(7)

『森の生活』は名言・名文の結晶である。どのページを開いても、名言・名句に出くわす。ある意味で挑戦的な書で、読者は著者の挑戦を受けなければならない。本来古典とは知性の宝庫、その宝を手に入れるためには、チャレンジしてみる価値は十分にある。

Column 6

『セルボーンの博物誌』を生涯かけて訳した男——西谷退三

『森の生活』より六十五年前に出版され、ネイチャーライティングの古典中の古典とされるギルバート・ホワイト著『セルボーンの博物誌』は、ロンドンの南西八十キロに位置するセルボーンという寒村が舞台である。そこに住む牧師補ホワイトの緻密な自然観察の記録が中核をなす。自然との交感を通して、動植物の営みに喜びを見出す著者ホワイトがいきいきと描かれている。イギリスでは現在でも人気のある博物学の一冊である。ソローも当然のことながらこの書は読んでいた。

ある伝記作家によれば、「ホワイトはやはり人間を恋せず、セルボーンを恋して一生を過ごした」[8]ということになろう。アメリカの著名なネイチャーライターであるジョン・バローズは、「私は『セルボーンの博物誌』を取りだすのを楽みとしている。実際、これは滋味に富んだ書物である」[9]と語る。

この作品を生涯かけて翻訳した人物がいる。その男の名は西谷退三。一冊の書物との出会いによって人生が変わった典型的な例として、彼の人生も振り返る価値があろう。西谷退三は本名を竹村源兵衛といい、裕福な薬種問屋の長男として明治十八年(一八八五)高知県佐川町で生まれた。この町は「日本の植物学の父」牧野富太郎の生地でもあり、牧野は西谷より二十三歳年長であった。自然豊かなこの地で生まれたことが、二人の人生に影響を与えたことは十分考えられる。

西谷は父親の反対を押し切って札幌農学校に進学した。ここで植物学者の三好学の講義を受け、『セルボーンの博物誌』の存在を知り、感銘を受けた。この本が彼の一生を変えることになろうとはそのときは思ってもみなかったことであろう。札幌農学校は二年で退学し、『セルボーンの博物誌』を故郷に大事に持ち帰った。西谷二十三歳で、この頃から翻訳にとりかかった。その後、徴兵や欧米への遊学などで中断するが、七十二歳で亡くなるまでほぼ全生涯を翻訳推敲に費やした。死後残された原稿は、同郷で作家の森下雨村の尽力で死後の翌年、昭和三十三年に自費出版された。こなれた訳と詳しい注釈で評価が高い。

大正十二年（一九二三）、西谷はアメリカ遊学中にウォールデン湖を頻繁に訪れている。このことから、西谷はソローの『森の生活』にも関心があったようだ。ソローをアメリカのホワイトと評価していたにちがいない。実際彼の膨大な蔵書の中に、水島耕一郎による最初の翻訳『森林生活』をはじめ、原書の『森の生活』と、『ソロー日記全集』十四巻（一九〇六年に出版されたホートン・ミフリン版）、ソロー関連の翻訳書、研究書が数多く残されている。原書はアメリカ滞在中に入手したのかもしれないが、大正から昭和にかけてソローに注目した数少ない日本の知識人の一人だと言っても過言ではあるまい。

西谷退三

ソローは博物誌の魅力を次のように語っている。

博物誌の本は冬の読書をもっとも愉快にしてくれる。　（「マサチューセッツの博物誌」）

私は博物誌の本を不老長寿の霊薬として何冊か傍らにいつも置いておく。それを読むことで、体調が良くなるからである。　（同）

西谷は一体『セルボーンの博物誌』のどこに魅了され、五十年もかけて翻訳に情熱を注いだのだろうか。一つには、著者ホワイトの生き方、つまり日本人が理想とする自然の営みに則った生き方が性格的に合ったのではないか。次に考えられるのは、作品の中核となる自然界の神秘さや不思議さに尽きない魅力を感じたことである。西谷には生地佐川町が、いつのまにかセルボーンの村に思えてきたにちがいない。最終的に翻訳という行為を通して、著者との対話に喜びを感じたことである。ホワイトに近づくために翻訳を極め尽くすことがいつのまにか西谷の生きがいとなっていった。英語の一語一語が思いどおりの日本語によみがえるとき、西谷は至福のときを迎えるのであった。その姿は、自らを常に高めようと自己完成に努めるソローと重なってくるのである。

【第四章】緑のソロー(1)

「秋の色」に収められたソロー直筆のスカーレット・オークの葉

1 自然と風景――大地を師とする

■自然

自然はあらゆる傷を癒してくれる。

(『日記』一八四二年三月十四日)

僕は自然を愛する。風景を愛する。なぜならとても誠実であるからである。僕を裏切ることはない。あざけることもない――陽気で、心地よいほどきまじめ。僕は大地を信頼する。

(『日記』一八五〇年十一月十六日)

自然と交わり、自然現象を思うことは、モラルや知的健康を維持する上でなんと重要なことであろうか。学校や産業界の分野では、そのような清澄さを精神に与えてくれることはない。

(『日記』一八五一年五月六日)

僕が成長するのと同じように、自然も成長し、自然と僕は共に育っていったように思われた。僕の人生はエクスタシーであった。

(『日記』一八五一年七月十六日)

この大地はもっとも荘厳な楽器で、僕はその調べの聴衆だった。

（同）


すべての自然現象は、驚きと畏敬の念の視点から見るべきである。

（『日記』一八五二年六月二十七日）


僕が自然を愛するのは、自然が人間ではなく、人間から離れた存在だからである。人間のつくり出した制度は自然を支配することも侵すこともできない。そこでは異なった権利が支配している。僕は自然の只中で、この上ない喜びで胸がいっぱいになる。もしこの世が人間だけだとすれば、僕は背伸びもできやしない――希望もすべて失うであろう。

『日記』一八五三年一月三日）

地球はすべての生物の母である。

（『日記』一八五四年九月九日）


石は幸福、コンコード川は幸福、そして僕も幸福である。今朝クルミの殻のかけらを見かけたとき、その形や色から幸福のために造られたことがわかった。

（『日記』一八五七年一月六日）


自然の奏でる音にはいつも勇気づけられる。

（『日記』一八五八年三月十八日）


自然、つまり大地そのものが唯一の万能薬である。

（『日記』一八五九年九月二十四日）

■自然は我が母、我が花嫁

自然が我が母なら、神は我が父である。

（『コンコード川とメリマック川の一週間』）

魂が自然と結ばれることによってのみ、知性が実り豊かになり、想像力が生まれる。

（『日記』一八五一年八月二十一日）

すべての自然は我が花嫁である。

（『日記』一八五七年四月二十三日）

私は自然を弁護するために――単なる市民的自由や教養とは対照的な、絶対的自由と野性を弁護するために――ひと言述べてみたい。つまり、人間を社会の一員としてではなく、むしろ自然界の住人、もしくはその本質的な部分とみなしたいのである。

（「歩く（ウォーキング）」）

■風景

すばらしい風景を見ずに一生を終えてしまう人がいるかもしれない。

（『日記』一八五三年六月二日）

風景の美を理解する人のなんと少ないことであろうか。我々は、ギリシア人がこの世界のことを、「美」または「秩序」を表わすコスモスという言葉で呼んでいたことを教えられるべきである。

（「歩く（ウォーキング）」）

■湖

湖ほど美しく純粋で、しかも大きなものは、おそらくこの地上に存在しないであろう。空の水。

（『森の生活』「湖」）

ウォールデンほど純粋さを保っている者はいない。多くの人々がこの湖にたとえられてきたが、それだけの名誉に値する人はほとんどいない。

（同）

湖は我々の生活と比べてどれほど美しく、我々の性格と比べてどれほど透明であることか。

（同）

■山

一日に一回地平線上に山を眺める価値がある。大地の盛り上った自然の神殿で、見る者はおのずと心が高揚し、精神は崇高になる。……山は崇拝に値する。

（『日記』一八五一年九月十二日）

僕たちは毎日山を眺めていたい。

（同）

ここ（メイン州クタードン山頂）では自然は美しかったけれども、なにか野蛮で恐るべきものであった。私は畏怖の念を持って自分の踏んでいる地面を見つめ、威力の持ち主である神々がここに何をつくったのか、その作品の形態と様式と材料を知りたいと思った。

ここは世にいう「混沌」と「いにしえの夜」からつくられた大地であった。ここには人の園はなく、封印をしたままの大地があるのみだった。……それは世にいう母なる大地ではなく、巨大で恐るべき物質であった。

（『メインの森』）

■川

川のせせらぎに耳をすます者は、いかなるものにも絶望することはありえない。

（『日記』一八四一年十二月十二日）

川はあらゆる国の自然の街道、旅人の行く手から地面を均《なら》し、障害物を取り除き、喉の渇きを癒し、自らの胸に乗せて人を運ぶ。さらにもっとも美しい風景や地球のもっとも人口の多い部分に導く。川は動物・植物王国がもっとも完成された場所である。

（『コンコード川とメリマック川の一週間』）

人生は川のようにたえず新鮮である。川の流れ自体は同じだが、常に新しい水が注ぎ込んでいる。（同）

自然の風景の中で、川ほど優れた装飾品であり、宝物はない。

（「ハックルベリー」）

■海

海はいつも野性的で計り知れない。インディアンも海には痕跡を残してはいない。それは文明人も野蛮人も同じである。海岸の一部が変化しただけ。大海は地球を一周するほどのウィルダネス（原生自然）である。ベンガルのジャングルよりも野性的で、怪獣に満ち、都市の波止場や海岸沿いの庭園を洗い流す。文明の進歩とともに、ヘビ、クマ、ハイエナ、トラが急速に姿を消しつつある。しかしもっとも人口の多い文明化された都市でさえ、波止場からサメを追い払うことができないでいる。

（『コッド岬』）

海岸は一種の中立地帯であり、この世界について思いをめぐらすにはとりわけ好都合な地点である。（同）

■沼――自然の真髄

私にとって希望と未来は、芝生や耕作地、町や都会ではなく、人を寄せつけずにゆらめいている沼地にある。

（「歩く（ウォーキング）」）

私は元気を回復したくなると、どこよりも暗い森や、どこよりも樹木が多く、果てしなく広く、普通の人にはもっとも陰気な沼地を探して歩く。私はもっとも聖なる場所に入るようにして沼地に入ってゆく。そこには「自然」の力、つまり自然の真髄があるのだ。

（同）

町を救うものは、そこに暮らす正義の士よりも、むしろその町をとり囲む森や沼地である。……そうした土壌から、ホメロスや孔子といった人物が育ったのであり、そうした荒野から、イナゴや野生の蜂蜜を食べる「改革者」（洗礼者ヨハネ）が出現したのである。

（同）

■樹木――木に会う、木に学ぶ

時々私は神殿のように立つマツの森をさ迷い歩いたものだった。

（『森の生活』「ベイカー農場」）

私はどこかのえらい学者を訪問するかわりに、遠い草地とか、森や沼の奥深くか丘の上などに立っている、この辺では珍しい特定の樹木をいくたびも訪ねたものだった。

（同）

どんな天候も私の散歩を、というよりも外出を、決定的にさまたげはしなかった。私はよく、ブナの木やキハダカンバや昔なじみのマツの木と会う約束を果たすために、その冬いちばんの深雪を冒して、八マイルでも十マイルでも歩きまわった。

（『森の生活』「先住者と冬の訪問者」）

僕はヒイラギガシに恋してしまった。

（『日記』一八五六年十二月一日）

おお！　柳の木よ、柳の木よ、僕はあなたの善なる精神をいつも持っていたいと思っています。

（『日記』一八六一年三月十八日）

「樹木たち」がどのように考えるかわかりませんが、十月の輝きのために樹木は通りに植えたいものです。カエデの下で育てられた子供たちにとって有意義ではないでしょうか。何百という子供の目がこの色に見とれています。怠け者の生徒でさえ、外に出るやいなや、カエデの教師に目を奪われ、教えを受けるのです。

（「秋の色」）

文房具屋の封筒は様々な色のものがあるかもしれませんが、一本の樹木の葉の色ほど多様なものはありません。

（同）

私が共感でき、私の傷を癒してくれるものは、樹木のテレビン油ではなく、樹木の生きた精神である。

（『メインの森』）

月と夜

自然は魔法使い。コンコードの夜はアラビアの夜よりも不思議である。

（『日記』一八四一年五月二十七日）

たそがれが深まり、月光がますます輝きを強めるにつれて、私は自分自身を見定めはじめる――自分とはだれなのか、どこに位置しているのかについて。まわりの壁がせばまると、私の気分は落ちつき、泰然となる。そして自己の存在を感知する。

（『月下の自然』）

今や月がなんと純朴に自然に君臨することか。確かに月は太陽によってその存在を隠されるが、今や月は、太陽を反射し、その代役をすることによってほぼ同等な尊敬と崇拝の念を獲得する。

（同）

■鳥

ブルーバード（ルリツグミ）は青空を背負って飛ぶ。

（『日記』一八五二年四月三日）

ツグミだけが、森の中にある不滅の豊かさと活力を宣言する。

（『日記』一八五二年七月五日）

一羽のブルーバードに関心を持つ方が、町の完全だが無味乾燥な動植物リストより価値がある。

（『書簡集』一八五八年十一月二十二日）

■蝶

子供は蝶の美しさに魅了されるが、親や議員たちはそれを怠惰な行為とみなす。親は悪魔を思い出させ、子供は神を思い出させる。

（『日記』一八五九年五月一日）

■雪の結晶

自然は天賦の才に、神性に満ちている。雪片もその手によって創り出される。

(『日記』一八五六年一月五日)

なんという世界に僕らは住んでいるのだろうか？　宝石店など無用だ。雪片や露の玉ほど美しいものはない。

(『日記』一八五八年一月六日)

■虹

虹は神の顔がかすかに現れたもの。この下でなんとすばらしい人間生活が営まれていることか！

(『日記』一八五二年六月二十二日)

すべての人の前に現れる、天上に架るもっとも輝く栄光の色のアーチ！　子供たちは虹を見ようとするが、大人はわざわざ見ようとしないのは不思議である。

(『日記』一八五二年八月六日)

もし人類が破滅し、人類が書いた本が新世界の新しい生物に伝えられたとしたら、虹という現象ほどすばらしい記録はありえないであろう。

（『日記』一八五九年三月十三日）

夕焼け

夕焼けのドラマは飽きることがない。

（『日記』一八五二年一月七日）

世に気象学者はいるが、美しい夕焼けを記録する人はいない。風向を記録しても、夕焼けや虹の美しさを記録しない。太陽はまだ沈んでいないのに。

（『日記』一八五二年六月二十八日）

世界でもっとも荘大な絵は、夕焼けの空だ。

（『日記』一八五二年七月二十六日）

日々できれば日の出か夕焼けを眺めよう。それを自らの元気の素としよう。

（『日記』一八五七年十一月十三日）

■春と秋

春になれば成長し、秋になれば熟せ。

（「ハックルベリー」）

Column 7

虹とセンス・オブ・ワンダー

エマソンは『自然』の中で、「たいていの人々は太陽を見ていない。少なくともごく表面的な見方しかしていない。太陽は大人のばあいはただ目を照らすだけだが、しかし子どものばあいには目と心のなかに射しこむ」[1]と語るが、これは虹にもあてはまる。

大人にとって、虹は科学的知識で理解される。虹は大気中に浮遊している水滴が、日光にあたり、光の分散が生じたものと捉える。しかし虹を見た子供の心にはいつまでも「センス・オブ・ワンダー」(自然の不思議さや神秘さに目を見張る感性、レイチェル・カーソン『センス・オブ・ワンダー』参照)が残る。

大人になって虹を眺めることと、現在の環境問題とを結びつけて考える人はほとんどいないかもしれない。しかしソローが描いた虹、夕焼け、若葉や紅葉などの自然現象に目を向けるのが環境問題を認識する第一歩なのである。

ソローが虹を愛してやまなかったことは、彼の『日記』に頻出することからもわかる(一一六ー一七頁参照)。さらに彼がウィリアム・ワーズワスの「虹」("The Rainbow")という詩を読んでいたことも『日記』(一八四二年三月十四日)から知る。ソローは「僕の人生は書きたい詩であった」と語ったその詩とは、この「虹」に描かれた人生のことではなかろうか。一編の詩は珠玉の名言・名句集となる。

ソローも感動したという「虹」と、『コンコード川とメリマック川』「水曜日」の章で引用している、シェイクスピアの『お気に召すまま』(*As You Like It*)の「大地を師とする生き方」をあえて掲げる。一編の詩も人生を変えることすらある。すべては読者と感動を分かち合いたいという筆者の切ない祈りからである。

虹

ウィリアム・ワーズワス

我が心は躍る、
　空に虹がかかるのを見たときに。
生まれたときそうだった、
大人になった今でもそうなのだ、
年老いてもそうでありたい、
　さもなくば、死んだ方がましだ！
子供は大人の父親。
我が人生の一日一日が、

自然への畏敬の念によって満たされんことを！

ウィリアム・シェイクスピア

『お気に召すまま』（第二幕第一場）

樹木に言葉を聴き、
流れる川に書物を見出し、
石に教えを請い、
あらゆるものに善を見る。

2　変貌する大地

■リョコウバトの運命

ジョージ・ヘイウッドの開墾地にリョコウバトの居場所を見つけた――鳥が止まるように六本の枯れ枝が用意され、近くに人間が隠れる藪で作った小屋があった。僕はコンコードでさえ今でもこんなことが行われていることを知って驚いた。

（『日記』一八五一年九月十二日）

■十七世紀のアメリカ大陸

野生の草地の草は当時はるかに繁茂していたようだ。……イチゴも豊富で大きく……。原始の森がどのようであったか、メインに残る例からも想像できる。インディアンの火付けで、森は原生の森よりも開かれていた。……四足動物では、コンコードでもはや見られないアメリカライオンがいた。クマもごく普通に見られた。……クマ、ヘラジカ、シカを食べるのでオオカミへの不満があった。……リョコウバトはマツの木に巣をつくる。巣と巣、木と木が重なり合う。そのため太陽も地面を照らすことがないほどである。

（『日記』一八五五年一月二十四日、ウィリアム・ウッド著『ニューイングランドの眺望』を読んだ後に書

かれた）

■進行する森林破壊

森が切り倒されるのに痛みを感じないであろうか。僕の心はこたえる。斧は僕から多くのものを奪う。コンコードはプライドを傷つけられた。僕はもはや故郷の町に以前のような愛着を感じなくなった。絆が壊れたのである。

（『日記』一八五二年一月二十四日）

■鉄道が変える自然と経済

機関車の汽笛は……夏も冬も森をつらぬいて鳴り響き、大勢のせかせかした都会の商人たちが、あるいは反対側からはひともうけを企む田舎商人たちが、この町の圏内にやってきたことを知らせてくれる。

（『森の生活』「音」）

■絶滅への懸念

ヘラジカは（ビーバーも？）いつの日かおそらく絶滅するであろうか。将来の詩人や彫刻家は枝や葉の形をした角をもつこの動物をどのように想像し、刻むことになるのだろうか。

（『日記』一八五二年二月二日）

マイノット（ソローの友人）が言うのには、彼の母親は自宅裏からシカが下りてくるのを見たという。……八十年前のことだったかもしれない。カワウソも近頃稀になった――ここ二、三十年殺されたという話を聞いたことがない。

（『日記』一八五三年一月二十一日）

マイノットによれば、四十年前、七十歳になるサム・ナッティングという猟師がクマやヘラジカまで殺したという。

（『日記』一八五三年三月十日）

あの世代（十七世紀はじめ）は今の世代よりも自然に、事実に近く立っていた。昔の本には、より多くの生物がいる。

（『日記』一八五五年一月九日）

J・ファーマーの話では、今から一二五年前、皆がよくオオカミを捕獲していたということを祖父から聞かされたという。

（『日記』一八五五年十一月二十七日）

ヒョウ（アメリカライオン、ピューマとも呼ばれる）が殺された。体長八フィート（約二・四メートル）、重さ一一〇ポンド（約五十キログラム）……僕はその巨大さと強靭さに驚愕した。

（『日記』一八五六年九月九日）

野生のリンゴの時代はまもなく終わりを迎えよう。おそらくは絶滅する果実となろう。

（「野生のリンゴ」）

■絶滅

ドードー（十七世紀に絶滅した飛べない大きな鳥）はかつて伝説の鳥とみなされていた。それらは一六八一年から一六九三年の間に絶滅した。

（『日記』一八四九年一月以降）

■不完全な自然

気高い動物――クーガー、ピューマ、オオヤマネコ、クズリ、オオカミ、クマ、ヘラジカ、シカ、ビーバー、七面鳥などがここでは絶滅してきたことを考えると、僕は自分が飼いならされた、いわば大切なものを骨抜きにされた地域に住んでいるように感じざるをえない。そのような大型野生動物の行動がいまだに重要ではないだろうか。僕が知っているのはひどく傷ついた不完全な自然ではないだろうか。森や草地は表情を欠いてはいけないのである。……
僕が一年と呼ぶ一連の自然現象は、嘆かわしいほど不完全で、多くのパートを欠くコンサートを聴いているようなものだ。……僕が持っていたり、読んだりしていたのは、祖先が最初のページや、いちばんすばらしい文の多くの箇所を切断した不完全な本にすぎない。……僕はすべての天と地を知りたいと願う。すべての大きな樹木や動物、魚、鳥はいなくなった。おそらく川も狭くなったことだろう。

（『日記』一八五六年三月二十三日）

■人間活動の脅威

土地に定住し開墾する種族である人間は、森の木をどんどん切ってしまう――それも徹底的かつ情熱的であったにちがいない。実際のところ、木の切り株でさえ引き抜かれているありさまである。それは完膚なき徹底的な過程――ウィルダネスとの戦い――自然を破壊し、土壌を制御し――そこにオート麦を育てるやり方だ。文明人はマツの木を自らの敵とみなす。マツを倒し、光を入れ、掘り返しては小麦やライ麦を植える。マツの木はまるで人間にとりついたカビ同然なのである。

（『日記』一八五二年二月二日）

ある限度以上に森を伐採する者は、鳥を絶滅させることになる。

（『日記』一八五三年五月十七日）

無数の魚がちょうどリョコウバトや他の水鳥が空から追い払われたと同じように、文明人の改善物によって川から追い払われている。自然の中では人間によって引き起こされた変化ほど大きなものは考えられない。

（『日記』一八五七年四月十一日）

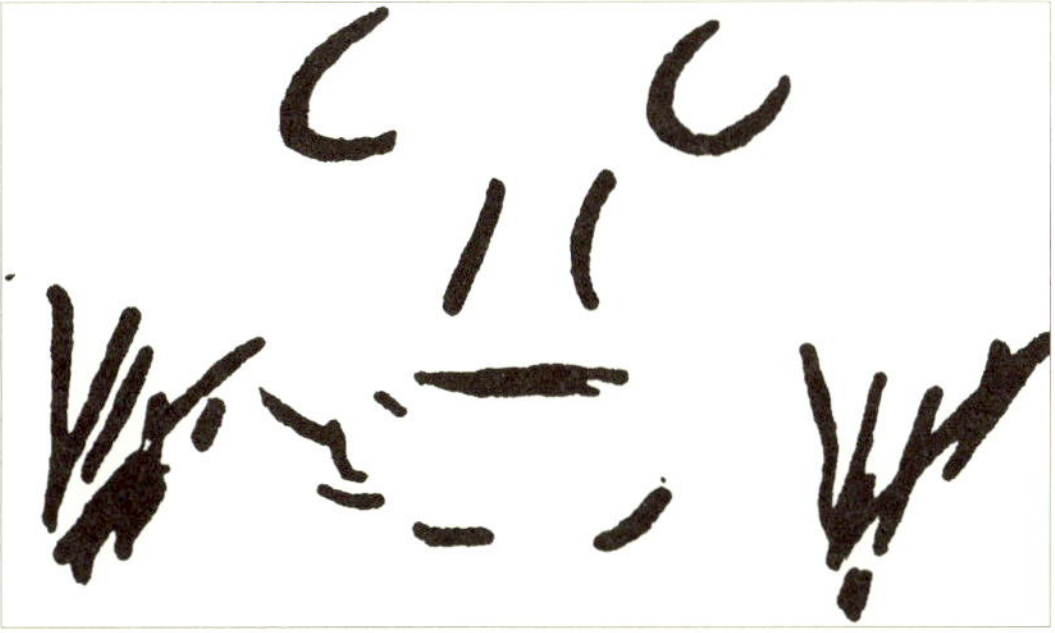
ソロー自筆の挿絵

もっとも野性的で気高い四足動物、もっとも大きな淡水魚、もっとも野性的で気高い鳥や美しい花のいくつかが、僕たちが進歩するにつれて実際に後退していった。僕たちはそれらについて、生半可な知識しか持っていない。

（『日記』一八五八年三月五日）

毛皮貿易とはなんと不憫な産業だろうか。……ラム酒と金でインディアンを誘い、人の体を飾ったりするためにかわいい仲間の皮を剝ぎ取るとは。

（『日記』一八五九年四月八日）

今日の午前中ジョージ・メルヴィンがやって来て話すのには、九月九日日曜日、町の北境界線近くで奇妙な動物が殺された。それが何であるかわからないと言う。僕は彼の話からカナダオオヤマネコ(Canada Lynx)だと判断した。

（『日記』一八六〇年九月十一日）

鉄道用枕木、柵、板材用に使われ、過去十五年以内に近隣のクリ材は急速にその姿を消したので、この地方の森が消滅する危険性がある。

（『日記』一八六〇年十月十七日）

先日報奨金に目のない男に、コンコードでカナダオオヤマネコを手に入れたと語ったところ、彼は「報奨金をもらうのか」と聞いた。何の報奨金か。もちろん州がくれる十ドルのことだ。彼は報奨金以外、カナダオオヤマネコについてなにも言わないし、考えることもない。

（『日記』一八六〇年十一月二十九日）

Column 8

変貌する大地――アメリカの環境史をひもとく

環境史家のウィリアム・クロノンが著書『変貌する大地』の第一章を「ウォールデンからの眺め」とし、ソローの『日記』(一八五五年一月二十四日、一二三頁参照)を引用しながら論を進めているのは意義深い。というのも引用された箇所は、ソローがウィリアム・ウッドというイギリスの旅行家のアメリカ体験談『ニューイングランドの眺望』(第三版、一六三九)を読んで、過去二世紀にわたる白人開拓者によるニューイングランドの自然破壊を身にしみて感じているところであるからだ。アメリカの環境史を考察する上で、クロノンがソローの記述を重要な資料と捉えた点、またソローの環境史に対する認識の先見性を知る上でも、この一節は考慮に値する。

ソローによれば、ウッドの描写から、二世紀前の十七世紀前半、アメリカの自然は相対的に豊かであったことを知る。クーガー、クマ、ヘラジカ、オオヤマネコ、オオカミ、ビーバーなどがいたことを知って驚きを隠せない。ソローの時代、それらは彼の生地コンコードではほとんどが姿を消していたからだ。同様に鳥類についても、数が少なくなったことを嘆いている。野生生物が少なくなればなるほど、風景は貧しくなり、ソローは自分自身の一部が失われていく感じがしていた。

十七世紀には森林も広大で樹木も大きく育っていたことを知る。驚くべきことに、インディアンの居住地近くは、大森林地帯ではなく、明るく開放的な狩猟地となっていたことだ。ソローの描写によると、「森はインディアンが火を放ったため、残された原生の森よりも樹木は少なかった。たいていの場所は馬に乗って狩猟できると判断される。沼地を除いて、灌木が少ない。これはインディアンの火が及ばなかったからであった」

インディアンが環境に負荷を与えていた事実は、ソローのインディアン観にも影響を与えたと思われる。一方で、インディアンに取って代わった白人開拓者の持っていた文明の利器と開拓者精神、市場経済感覚は、アメリカの大地を変貌させるに十分であった。ソローの生きた時代こそまさしくそのピークに達しようとしていた。彼は白人開拓者の傲慢で不遜な自然破壊思想を憂慮していた。

絶滅したリョコウバト

■リョコウバトの絶滅

なお、ソローの生まれた頃、アメリカの空を覆うほどいたリョコウバトは人間の手によって減少し、二十世紀初頭には野生の最後の一羽が殺された。オハイオ州シンシナチ動物園で飼育されていた最後の一羽、「マーサ」が一九一四年に息を引き取ったとき、この地上から絶滅した。

「コラム9」で引用するアルド・レオポルドは、『野生のうたが聞こえる』の中で、「リョコウバトの記念碑について」という鎮魂のエッセイを載せている。「ひとつの種の絶滅を後世に伝える記念碑が建立された。これはわれわれ人間の遺憾の意の象徴である[2]」

3 エコロジーの目覚め

■生命の連鎖

森羅万象の宇宙は切り刻まれているのではなく、細部において完全である。自然はどんな細かい観察にも耐えられる。自然は私たちにいちばん小さな葉にも目を向け、昆虫になって平原を見るようにと促す。自然には隙間がない。すべての部分は生命に満ちている。

（『マサチューセッツの博物誌』）

浅い沼地ひとつとってみても、様々な生命を養っていることを知り驚いた。沼から四分の一マイル（約四百メートル）ほど離れた池の南側に十から十二エーカー（約五ヘクタール）の小さな草地がある。ウォールデンの湖よりもかなり低い地にあり、地下水脈でつながっているらしい。というのもそこの池の岸辺には泉が多くあり、水も豊かで尽きることがないからである。言い伝えでは池の出口にはかつて水車があったそうだ。もっともここの全体の広さはさほど大きくはない。この草地をフィッチバーグ鉄道が貫いている。

……

浅く濁った水の中でなにかはねる音がした。僕は一体どうしたのか耳をすませた。繰り返し騒ぎ立てる音が聞こえ、また何か見えもするのだが、なんだかよくわからない。どのような生き物がこんな池の中に棲んでいるのだろうか。丘の斜面に腰をおろしていると、この騒ぎにひきつけられたのか、一頭のマスクラットが通り過ぎ、その後を次々と計三頭のマスクラットが通り過ぎた。彼らも池の底にいたのだろう。まだ水面が動いている。そして僕は敵がいないかどうか周囲を警戒しながら水面に鼻を突き出したある生き物を見たのだった。すると数ロッド（約十数メートル）離れたところでまた水面上に鼻を突き出した。これが騒ぎの原因にちがいない。

僕は靴と靴下を脱ぎ、静かに丘を下りて、陸から一ロッド（約五メートル）ほどの水の中に音を立てずに入り、水草の茂みに身を隠していた。前屈みになって浅くて濁った池の中を見ると、そこには泥亀がいた。僕は手を水の中に入れて、その足をつかむとすぐに岸まで引き上げた。亀は大きなパウト（魚の一種）をくわえており、その一部は食われていた。どうやらその騒ぎはパウトのせいで、亀は必死になって放すまいとしていたのだった。……僕はヘイウッドの草地でこれほど多くの生き物が活動していることに気がつかないでいたのだった。

（『日記』一八五〇年五月十二日以降）

動物が餌にしたり、依存する植物と明白に関係があるとは驚きである。

（『日記』一八五一年八月二十一日）

■自然の経済

我々の経済は自然の経済と比べれば、なんと不完全であやふやなことか。自然においては、無駄なものは何一つない。枯れ葉、枝、繊維のいずれもが、どこか他の箇所でいっそう役立つようになっており、最終的にすべてが堆肥となる。

（『日記』一八五六年一月十三日）

植物や樹木の萌芽である種子は、その中に成長と生命の原理をもち、コヒヌールのダイヤモンド（イギリス王室が所有する高価なダイヤモンド）より自然の経済の中で重要である。

（『日記』一八六一年三月二十二日）

■ダーウィンへの関心

「新種の鳥、新種の爬虫類、新種の貝、新種の昆虫、新種の植物、しかも無数のささいな細部の構造、鳥の鳴き声や羽音に囲まれ、パタゴニアの温帯平原やチリ北部の暑い乾燥した砂漠を実にあざやかに見せ付けられたのは印象的であった」（『ビーグル号航海記』）。もっとも不思議なことは――植物が島によってかなり特殊なものばかりか、お互いに見える距離にあるのに、島には固有の種がいることだ。

（『日記』一八五一年六月十五日）

ダーウィンと進化論

我々は、世界は最初から植物が植えられていたと思っているが、今なお植えられつつあるのである。湿った場所で育つ植物もあれば、砂漠で育つ植物もある。真相は、種子はいたるところに撒かれ、生き残れるのはここだけだったのである。……進化論は自然のより大きな生命力を意味する。柔軟で順応しやすく、たえず新しい創造に対応しているようだ。

（『日記』一八六〇年十月十八日）

森の遷移

樹木の密集したローリングの土地の南にある道路沿いに若いリギダマツがあるのを見て、ジョージ・ハバードはリギダマツが伐採されるとオークが成長してくると語った。案の定、ローリングのストローブマツが最近まで密集して立っていた道路の反対側を見ると、地面は一面若いオークで覆われていた。

（『日記』一八五六年四月二十八日）

密集したマツの森、とりわけリギダマツの森を見通すと、多くの小さなオークやカバノキなどを見つける。リスなどによって藪の中に運ばれ、吹き寄せられた種子からおそらく育ったのであろう。しかしマツによって日が遮られている。マツの下でこのような植林は毎年行われており、そのような植物は枯れるが、マツが取り除かれるとオークなどが望みどおりに現れ始め、いい環境をえたとばかりに、すくすくと成長する。種子の散布にリスや鳥が関わっていることはほとんど考慮されていない。(『日記』一八五六年五月十三日)

■リスの役割——森の植林者

赤リスが実をくわえてツガの下にある川岸を走って行くのを見かけた。リスはツガの根元で立ち止まり、前足で急いで穴を掘り、実を入れると木の幹を駆け上がった。すべて一瞬の出来事だった。僕はその落し物を調べようと岸辺に近づくと、自分の宝物が気にかかるのかリスは木から下りてきて、ふたたび埋めなおす動作をして戻って行った。そこを掘ってみると、緑色の殻に包まれた二個のピグナット(クルミの実)が深さ一・五インチくらいツガの木の葉の下に埋められていることがわかった。このようにして、森は植林されているのである。(『日記』一八五七年九月二十四日)

森の植林者としてのリスに我々は感謝しているだろうか。我々はリスを害獣とみなし、毎年大量に射殺し、撲滅している。というのも——言い訳するとすれば——リスは時々我々のインディアン・コーン(corn トウモロコシ)をわずかでも食べているからである。しかし一方で、おそらくはその代わりに高貴なオークのコーン(acorn ドングリ)を植えているのであろう。

国のあちこちで、多くの若者がリス狩りに集まってくる。彼らは二手に分かれ、何千という数を殺した方が相手を破り、夕食を享受する。近隣全体も喜ぶことになるわけだ。しかし、この森羅万象の経済の中で、リスが果たしている役割、最大の奉仕を、年一回でも意義深い象徴的なセレモニーで認めてやることの方が、神のようなとは言わないまでも、はるかに文明的、かつ人間的ではないだろうか。

（『日記』一八六〇年十月二十二日）

■「森林樹の遷移」より

種子が本来の場所から新たな場所へ、どう運ばれていくか……。それはおもに、風、水、動物の働きによります。マツやカエデの種子のような軽いものは、おもに風と水によって、ドングリなどのような重たい種子は、動物によって運ばれます。

風がマツの種子を硬木林やひらけた土地に運んでいくのに対して、リスなどの動物はオークやクルミの種子をマツ林に運び、このように輪作が継続されることになるのです。

リスが木の実を地中に埋めるということは、昔から観察者たちのあいだで知られていたのですが、それが森林の規則的な遷移であると説明した人はいないのです。

最初に自然と相談すべきではないでしょうか。というのも、自然は我々すべてのうちでもっとも博識で経験豊かな植林者なのですから。

動物が樹木の種子の大部分を食べつくしてしまい、少なくとも種子が樹木になるのを効果的にさまたげています。しかし、すでに申しあげたように、こうした場合、消費者は、同時に種子の散布者や移植者とならざるをえないのです。それは動物が自然に対して支払う税金なのです。イノシシはドングリをあさる一方でそれを移植しているのだ、と言ったのは、リンネだと思います。

種子のないところで植物は育つはずがないのですが、私はひと粒の種子に対しては大いなる信頼を抱いております。

Column 9

山の身になって考える（Thinking Like a Mountain）

ソローは長年の自然観察や自然史研究の結果、自然の営みや仕組みについて総合的な理解を得るにいたっていた。それは「自然においては、無駄なものは何一つない」（一三四頁参照）という『日記』の一文、あるいは「森林樹の遷移」に典型的に現れている。これは「自然の経済」(economy of nature, nature's economy) と称され、「地上の生命の織りなす模様を全体として見る見方……地上の生きとし生けるそのすべてをお互いに関係しあう全体として描こうとするもの(3)」で、エコロジー（一八六六年、ドイツの科学者エルンスト・ヘッケルの造語）の原型となった自然の見方である。

時代の制約やソロー自身の時間的制約から、「自然の経済」を極めることはできなかったが、彼がアメリカ最初のエコロジストとしての知識を持っていたことは確かである。さらに重要なことは、他の生物を「隣人」、「同時代の同居人」、「仲間」と呼ぶ倫理観にまで拡大したこと、つまり生命共同体（コミュニティ）を認識したことが彼の自然観を豊かにしたといえる。

このようなソローのエコロジカルな思想は、一世紀後より洗練された形で発表された。その作品こそ、ネイチャーライティングの古典『野生のうたが聞こえる』（一九四九、原題 *A Sand County Almanac* ウィスコンシン州にある「砂土地方の歳時記」という意味）で、著者は自然保護団体「ウィルダネス協会」の創設

レオポルドの小屋

者の一人で、「環境倫理学の父」と呼ばれるアルド・レオポルドである。

レオポルドはもともと森林局に勤め、後にウィスコンシン大学鳥獣管理学教授に就任した、エコロジーの専門家であった。彼は週末ごとに家族を伴い、ウィスコンシン州の砂土地方に購入した小屋で、周囲の自然を満喫して過ごしていた。その折々の心情を綴ったのが本書で、アメリカの自然保護運動の思想的拠り所となった名著である。ソローの『森の生活』がロマンティシズムに満ちた自然の生活であったのに対し、本書は直接自然保護運動を促す契機となった。

レオポルドは子供の頃からソローの著書に親しみ、結婚祝には母親から『日記』の全集を贈られている。さらに「歩く（ウォーキング）」の有名な一文「野性の中に世界は保存される」を、自らの引用句ノートに書き写している。レオポルドの原生自然保護の夢は後継者に託され、一九六四年に「原生自然法」という画期的な法律が成立することでかなえられた。

■環境的啓示――山の身になって考えた

ソローが「ブリームという魚の身になって考える」（一六八頁参照）と述べて、生命共同体の重要性を語ってから約百年後、レオポルドは『野生のうたが聞こえる』の中に「山の身になって考える」という感動的なエピソードを導入している。

（射殺した）母オオカミのそばに近寄ってみると、凶暴な緑色の炎が、両の目からちょうど消えかけたところだった。そのときにぼくが悟り、以後もずっと忘れられないことがある。それは、あの目のなかには、ぼくにはまったく新しいもの、あのオオカミと山にしか分からないものが宿っているということだ。(4)

アルド・レオポルド

この出来事に啓示を受けたレオポルドは、今までの自然征服主義から生命中心主義へと大きく変わっていった。「他の生きものの身になって考える」というのは、なんとすばらしい発想ではないか。「山の身になって考える」は、とても印象的な名言の一つである。『野生のうたが聞こえる』はアメリカではベストセラーになった名著であり、二十世紀の『森の生活』と呼んでも過言ではない。しかしながら日本ではほとんど紹介されていない。彼の名言のいくつかを掲げる価値はあろう。(5)

世の中には、野生の事物がなくても暮らしていける者と、暮らしていけない者とがいる。本書は、暮らしていけない者の喜びとジレンマを綴ったエッセイ集である。

土地が、人間が所有する商品とみなされているため、とかく身勝手に扱われている。人間が、土地を自らも所属する共同体とみなすようになれば、もっと愛情と尊敬を込めた扱いをするようになるだろう。

土地倫理とは、要するに、この共同体という概念の枠を、土壌、水、植物、動物、つまりはこれらを総称した「土地」まで拡大した場合の倫理をさす。

物事は、生物共同体の全体性、安定性、美観を保つものであれば妥当だし、そうでない場合は間違っている。

4 先住民インディアンに学ぶ

■インディアンの存在意義

我々の未開の先祖は、狭量で部分的な見方ではなく、ものを自由に全体的に捉えていた。自然に全面的に身をゆだね、自然を深く考えることが毎日の糧の一部であった。自然がすばらしいのと同様、インディアンの考え方もすばらしかった。

（「文明国家の野蛮性」）

インディアンは人間らしく生き、考え、そして死ぬ。

（同）

僕にとってインディアンの魅力は、インディアンが自然の中で自由に拘束されることなくいることである。自然の住人であって、客人ではない。自然を楽々と優雅にまとっている。しかし文明人は家という習慣を持つ。文明人の家は自らを圧迫し、閉じ込める監獄である。

（『日記』一八四一年四月二十六日）

我々はインディアンを文明化しようとするが、それはインディアンの改善に値しない。

（『コンコード川とメリマック川の一週間』）

■インディアンの絶滅への懸念

「日々その数を減少させ、その絶滅が予想される多くの動物種がいる。カナダシカ(ワピチ)……バイソン、ビーバー、野生の七面鳥など。」これらとともにインディアンが連想される。

(『日記』一八五一年十月十四日)

■インディアンに学ぶ

僕の家の戸口にきわめて重要な跡、僕たちより先に住んでいた種族の跡が残されている。これは自然が僕たちに伝えようとしたささやかな象徴である。……新しい大地、新しいテーマが僕たちを待っている。

(『日記』一八五七年十月二十二日)

科学が教えてくれることだけを学んでも、ニオイヒバについてはほとんどわからない。言葉だけで、生命の木(tree of life, 聖書によれば、不老長寿の木、ニオイヒバのこと)ではないのだ。インディアンはその木に関して二十の言葉を持っている。

(『日記』一八五八年三月五日)

インディアンは我々よりもいかに野生の動植物に精通していることか。インディアンの言葉には、我々の言葉と同じく自然との親交が含まれている。ヘラジカやカバノキの樹皮などに関する言葉がいかに多いことか。インディアンは我々よりも野生の自然の近くにいたのである。

(同)

我々はインディアンから学ぶべきことは多いが、宣教師から学ぶことは一切ない。（『メインの森』）

■歴史家とインディアン

インディアンのことを技術も才能もなく、人間性に劣る、野蛮で記憶に値しない――「みじめな」、「哀れな」、「不憫な」などとけなす人もいる。この国の歴史を書く際に、歴史家たちは彼らを海岸や奥地を汚した人間性のくずどもと、あまりにも性急に片付けてしまった。……

インディアンが野蛮人だとしても、僕たちと似ている面の方が、似ていない面よりもはるかに多い。彼らは白人がやって来る前からアメリカに住み着いていたのだから、彼らがどのような人々であり、どんな暮らしをしてきたかを知りたいと思う。彼らが自然とどのように付き合ってきたのか、芸術や習慣、空想や迷信はどのようなものだったのか。彼らも水面はボートで渡り、森の中を歩いてさまよった。そして海や森にからむ幻想を育み、信仰を築いてきた。

そうした話は、東洋のおとぎ話と同じように僕たちを魅了する。歴史家はインディアンを野獣のごとく殺戮する罠猟師、マウンテンマン（毛皮用の動物を捕獲するために単独で山岳に住む人）、金鉱探しの人々よりも人間性豊かであると公言するが、実際はライフルの代わりにペンで同じく非人間性を実践しているのである。

（『日記』一八五九年二月三日）

Column 10

エコロジカル・インディアン

すでに述べたようにソローの生地コンコードは、平和裏にインディアンから購入された土地につくられた町で、それゆえコンコード（調和）と名づけられた。かつてこの地にインディアンが住んでいて、彼の終生のテーマの一つとなったのは幸運だった。子供の頃からインディアンの営みの痕跡が随所に見られ、ソローは矢じりやすりこぎなどを見つける才能があったという。インディアンへの認識が深まるにつれて、アメリカの植民の歴史と自然環境の変化を結びつける「環境史」に、早くから関心を抱いていたことを知る。

すでにハーヴァード大学の学生時代からその端緒は見られ、レポート「文明国家の野蛮性」では、白人開拓者の生き方と先住民インディアンの生き方を対比し、後者を高く評価している（一四三頁参照）。

一八五〇年秋ごろ（ソロー、三十三歳）から、インディアンに関する文献を抜粋してノートに書き写し始めている。インディアンが知的好奇心を掻き立てる一つとなったのである。ソロー研究者のリチャード・F・フレックによれば、ソローが集めたインディアンに関する資料は全部で十一冊、二八〇〇ページ、五十万語にのぼった(6)。

ただ残念ながら、これらをもとにすぐれた作品を書く時間的余裕は残されていなかった。インディアンに関する言及は、『森の生活』にも頻出する。特に『メインの森』はインディアンとウィルダネスの関係を扱った書として、彼のインディアン観がもっともよく現れている。ここに登場するジョセフ・ポリスはソローの尊敬する人物の一人である（「コラム2」参照）。

■エコロジカル・インディアン

環境史家のキャロリン・マーチャントは、インディアンが西欧人到来以前・以後ともエコロジカルであったかどうかは意見が分かれると述べている[7]。『エコロジカル・インディアン』の著者シェパード・クレッチ三世は、インディアンは自然環境を熟知して狩猟、漁業、農業を行い、動植物を永続させるような彼らの生活様式は自然保護的で、一方、狩猟方法や火を放つやり方には自然保護的でない面もあると語っている[8]。ソロー自身もインディアンが火を放って狩猟しやすいように環境を変えた事実を知っていた。

ソローがインディアンに惹かれた最大の理由は、自然征服思想に取り付かれた白人開拓者と比べ、インディアンの生活が自然環境に大きな負荷を与えていないことだった。最初はインディアンを美化していたが、インディアンを知るにつれ「高貴なインディアン」のイメージは薄れていった。しかしインディアンの存在自体への畏敬の念は生涯変わることはなかった。

ソローがインディアンを身近に感じ、常に意識していた事実こそ、彼の環境に優しい自然観形成に大きく寄与するものである。その過程で文明の利器を持った白人に戦で敗れて故郷を追われたり、そそのかされて飲酒や毛皮貿易に加担したことを知ったのは衝撃的だった。ソローは将来インディアンが絶滅するのではないかと一抹の不安があった。そのためにも彼は『メインの森』第三部「チェサンクック」の最後で、「国民の自然保護区」を提唱したのである（一五五頁参照）。これは後のアメリカの国立公園設立運動へとつながる第一歩となった。

【第五章】

緑のソロー(2)

ソローの小屋跡

1　自然保護の提唱

■ソローの天職

世界を破滅から守るのが私の天職である。

（『森の生活』「経済」）

■自然保護法

各町には保護区がある。思うに、町は今以上に公園を監督・統制すべきである。今年の冬、所有者たちが森をすべて伐採するかどうかに皆の関心が集まっている。

（『日記』一八五二年一月二十二日）

ギルピン（イギリスの旅行記作家）は「侵入者らによる不法侵害と、彼らによって森林の境界につくられた家屋や柵は、昔の森林法では重大な不法行為とみなされており、鳥獣をおびやかし、森林を害する恐れがある、などの理由で厳罰に処せられた」と述べている。

（『森の生活』「暖房」）

子供を虐待すると罪に問われるのなら、自然の表面を虐待した者も罪に問われてもおかしくはない。

（『日記』一八五七年九月二十八日）

■資源の節約

燃料の節約に関して、一言言わねばならぬ。僕は薪を一コード（約三・五立方メートル）しか使わないが、隣人は何の権利があって十コードも使うのか。このようにして、半ばむきだしの町から貴重な森が奪われてゆくのである。

（『日記』一八五七年四月二十六日）

■植林

一日中マツを植える。手伝ってくれる二人と、荷馬車の助けを借りても一日半かかる。僕たちは約二エーカー（約八〇〇〇平方メートル）の広さの土地に約四百本の木を十五フィート（約四・五メートル）間隔でひし形に植樹した。

（『日記』一八五九年四月二十一日）

■『日記』（一八六一年一月三日）より

〈自然保護論〉

町を美しくする自然の特徴とは何だろう。滝や草地のある川、湖、丘、崖、一つ一つの岩、森、孤高の古木。そのようなものが美しいといえるのだ。金銭では表せない高い有用性を持っている。町の住民が賢明なら、いくら高くてもこれらのものを保存することだろう。というのも、それらから教師、牧師、現在の学校教育システム関係者よりもはるかに多くのことを教えられるからである。これらの価値が予見できなくて、いわば雄牛のためだけに法を制定する者は、国家や、町の創設者にすらふさわしくない。

少数の破壊行為からすべてを保護しようとすることに関心のない人がいる。それこそが問題である。

〈オークの森〉

ボックスボロでなんといってもすばらしいものは、尊いオークの森であった。マサチューセッツ州にこれほどのすばらしい森はない。一世紀以上保護すれば、国中から多くの人が巡礼に来るだろう。しかしボックスボロの人たちがその地を恥ずかしく思えば、他のニューイングランドとかわりばえしなくなるであろう。

その後聞いたところでは、ボックスボロは家や農場をつくらないで森を存続させることに納得したという。今のままの方が町にとって税収がはるかに多いからだ。

思うに、この町の歴史が書かれるなら、いちばん強調されるのはおそらく教区のことで、この森については一言も言及されないであろう。

インディアンから白人に町が移管されるのを目撃した数少ないオークの古木を切り倒し、一七七五年、英国兵士から奪った弾薬箱で飾って我が博物館を開館するとは！

〈自然は公共財産〉

各町に町の美が損なわれないように監視する委員会があれば、それだけの値打ちがあるだろう。もし郡内に最大の巨石があれば、それは個人の所有ではなく、戸口の上がり段にもされるべきではないだろう。

多くの国で貴金属が王のものであるのと同じく、我が国でまれなる美しい自然物は公共に属すべきである。

水路ばかりでなく、川の岸も公共の道となるべきである。川の唯一の使用法は川に浮かぶことだけではない。

〈私有地化の問題〉

町にある山の頂を考えてみよう。インディアンにとってそこは聖地とみなされるが、我々は私有地を通って行かねばならぬ。山の頂はいわば神殿なのだが、侵入し、だれかの牛を出し入れする危険を冒さねば入ることはできない状況だ。実際、この場合でも神殿そのものは私有物で、個人の牧場の中に立っている。そのようなことがありふれてきたとは！

ニューハンプシャーの裁判所は、最近まるで自分たちの専権事項であるかのごとく、ワシントン山の山頂が、A、Bどちらに帰属するかを決定した。僕の聞くかぎりでは、Bに有利な判決が下されたので、Bはある冬しかるべき役人を連れて山に登り、そこの正式な所有者となった。しかし僕はワシントン山の山頂は私有地であってはならず、謙虚さと畏敬の念のために占有されないで残されるべきだと思っている。大地は今以上に賢明な使用法があってほしい。

確かに今のところ、自由があり、敷地を横切り、こっそりと盗む、つまり多くのものを「くすねる」ことはできるが、排除されると毎年毎年自由がなくなってくるのは当然だ。英国のような古い国では、敷地を横切ることは問題外であった。狭くても荒れた道などを通らなければならないのである。我々も同じ状況になりつつある。限られた少数の者が自分の土地を持ち、その少数者が許可しないところは一歩も歩けないのが実状である。

このように我々は花園の中で雄牛のごとくふるまっている。自然の真の果実は、地上の報酬で買収されることのない繊細な手で、そしてときめく心で摘み取らねばならぬ。人を雇ったところで、この作物を収穫する手助けにはならない。

〈空を汚す〉

ありがたいことに、人間はまだ空を飛べなく、地上と同じように空を汚すことはできない。当分の間、空の方は安全である。

■自然保護区の提唱

昔、英国の王たちは、狩猟のため、または食料用に「国王の獲物を維持するべく」専用の森を持っていた。そうした森を造るため、もしくは広げるために時には村々を破壊さえしたのだ。思うに、この王たちは森の狩猟本能に駆られたのだ。国王の権威を廃した我々が国民の自然保護区を持っていけない訳があろうか。

村々が破壊される必要はなく、クマやアメリカライオンやインディアンの連中でさえも、今なおそこに存在しうるような、しかも、彼らが野蛮な性質を正されて、「大地の表面から消えてゆく」ことのないような地域を。

（『メインの森』）

一世紀後、このような野原を歩く人は、野生のリンゴをもぎとる楽しみを知らないのではないかと思う。多くの楽しみが将来の人にはわからなくなるのはかわいそうだ。

（「野生のリンゴ」）

■「ハックルベリー」より（一七四頁以降参照）

〈公園の必要性〉

川の片方、あるいは両方の岸を公道にすべきである。岸の一方は公共の道路として保護し、樹木も保護する。

州は森を購入して保存するのが賢明だと僕は思う。

ハーヴァード大学や他の研究施設に寄付するのと同じく、コンコードにも森やハックルベリーの野原を寄付してもよいのだ。

都市がもっとも自慢できるのは公園——原初の状態を残している地域——である。

Column 11

国立公園の夢

『メインの森』第二部「チェサンクック」の最後で提唱された「国民の自然保護区」(national preserves)は決して唐突ではなく、いくつかの伏線がしかれていた。ソローは開発が進むメインにも自然保護法があるのを知った。「最近のメイン州の法律によると、外国人はいかなる時期でもこの州でヘラジカを殺すことは許されない。白人のアメリカ人は特定の時期のみ許可される。けれどもメインのインディアンは年中いつでも許可されている[1]」、あるいは公有地から材木が盗まれていることに対し「大衆がどんな形であれ、森林保護官(forest-warden)になってほしい[2]」と語っている。

この forest-warden は彼の著作に頻出する。それほど自然を保護する者の必要性を認識していたのであろう。また「おそらくメインはほどなく今のマサチューセッツと同じ状態になるだろう[3]」という不吉な予言が、自然保護区の必要性という着想にいたったと思われる。

ソローの自然保護区の提唱は、画家ジョージ・キャトリンに次ぐものだが、全国誌『アトランティック・マンスリー』に掲載されたことで、相当注目されたにちがいない。そして『メインの森』の自然保護思想の精神は時代を超えて継承されていった。

「アメリカの国立公園の父」ジョン・ミューアは『メインの森』を高く評価し、特に自然保護区の提唱の箇所には印を付けていたという。ミューアが極めた自然保護運動（国立公園設立運動）の原点の一つがソローにあったとしても不思議ではない。またソローの自然保護の精神に感銘して、クタードン山周辺の二十万エーカー（約八百平方キロメートル）を私費で購入し、後にメイン州に寄付したパーシヴァル・プロクター・バクスター（富豪、元メイン州知事）の存在も忘れることができない。現在バクスター州立公園として保護されているが、日本では信じがたい慈善行為である。現在、自然保護団体は新たにソローが旅したメインの森を中心に三二〇万エーカー（約一万三〇〇〇平方キロメートル）に及ぶ「メインの森国立公園と保護区」を提唱し、ウィルダネス保護を訴えている。

2 ラディカルな環境主義宣言

■柵を焼き払う

近頃の人間の進歩、改良と呼ばれているもののほとんどが、風景を歪め、ますます野趣のない低俗なものにしているだけである。まず手はじめに囲いの柵を焼き払い、森林のほうはそっとしておこうとする国民はいないものだろうか。

（「歩く（ウォーキング）」）

■ダムを破壊せよ、魚の泣き声を聞け

私は一人でも君（シャドという魚）に味方する。あのビレリカのダムに対して役立つのはかなてこ（バール）だけであることをだれよりもわかっている。……魚が泣いているのに魚の泣き声をだれも聞いていない。私たちはみな同時代に生きていることを決して忘れてはならない。

（『コンコード川とメリマック川の一週間』）

■川は共有地

僕は土地を所有していないが、川には市民権 (civil right) があると思う——つまり土地所有者ではなく川の所有者であることだ。……川に関して言えば、僕の自然権 (natural rights) は少しも侵害されない——川はいまだに残されている広い「コモン」(共有地) なのだ。一定の原初の自由が、旧文明国にすら広まっている。ギルバート・ホワイト (「コラム6」参照) の時代、英国のその地方の労働者は、いわゆる王室林の中で共有地という権利を享受していた……。

(『日記』一八五三年三月二十三日)

■小鳥のさえずり

小鳥たちの森が伐り倒されているというのに、どうして彼らのさえずりを期待できようか。

(『森の生活』「湖」)

■鉄道を止める

耳をつんざくいななきを町じゅうに響かせるあの悪魔のような鉄のウマは、ボイリング・スプリングの水を前足で濁らせてしまった。ウォールデン湖岸の森の若葉をすっかり食い荒らしてしまったのもあいつだ。……この思いあがった厄介物を切り通しで迎え撃ち、その脇腹に復讐の槍を突き立ててくれる我が国の英雄、ムーア・ホールのムーア（イギリスの伝説的英雄）はどこにいるのだろうか。

（同）

■ガイア理論

地球は、書物の頁のように何層にも堆積した、主として地質学者や古物学者の手で研究されるべき単なる死んだ歴史の断片ではなく、花や果実に先駆ける木の葉と同じように生きている詩である——化石となった大地ではなく、生きている大地である。

（『森の生活』「春」）

■ニレの木を州議会議員にする

僕は堂々たるニレの並木を数多く見たことがある。その下で生きる人間どもよりはるかに州議会に代表を送るにふさわしい。

（『日記』一八五六年一月二十四日）

■石を崇拝する

人類も切り株や石を崇拝するほど高められれば、再生できるであろうに。……石が僕をひきつけ、僕を高めることになれば……僕個人の楽しみの問題だ。もし石が皆に同じことをすれば、大衆の楽しみの問題になるかもしれない。

（『日記』一八五六年八月三十日）

■キリスト教への疑問

古い英国の偏見から解放された徒弟修業の人は、新世界ではるかに良いことができたのではないでしょうか。「神を崇拝するための自由」を熱心に求めているのなら、安い土地が大量に身の回りにあるときに、なぜそこをもう少し保存しなかったのでしょうか。礼拝堂を建てると同時に、なぜはるかに壮麗な神殿を冒瀆と破壊から保存しなかったのでしょうか。

（「ハックルベリー」）

■生命への畏敬の念

僕は常識的な意味で他の生物を獣とはみなさない。

（『日記』一八五七年一月七日）

僕は他の生物を殺すのに反対するのと同じく、ヘビを殺すのにも反対である。しかし僕の知っているもっとも慈悲深い人でさえヘビを容赦なく殺してしまう。

（『日記』一八五七年四月二十六日）

農耕、斧、大鎌、熊手をまぬかれた、一〇〇〇年前と同じ原始的で野性的な地区がある。文明という砂漠の中にあるささやかな野生のオアシス……僕はそこに対して、畏敬の念 (reverence) に近いものを感じる。

（『日記』一八五六年八月三十日）

■センス・オブ・ワンダー

子供は花を摘むとき、その美しさと意味を本能的に知るが、大人の植物学者はそれをすっかり失くしている。

（『日記』一八五二年二月五日）

■樹木崇拝

イーヴリン（イギリスの政治家・日記作家）はドルイド僧（古代ケルト社会の祭司、ドルイドは「オークの賢者」という意味）と同じくすばらしい。彼の著書『シルヴァ』は樹木を敬い、永遠に楽しむ――これが彼の究極の人生の目的でもあった――新しい祈禱書のようなものである。

（『日記』一八五二年六月九日）

■生物の多様性

地球は生物が多様であればあるほど豊かである。

（『日記』一八五四年五月十七日）

■自然の目線で

コウロギのかすかな音に耳をすましていると、僕の未来はその方向にあると思われる。

（『日記』一八四〇年八月十三日）

私は草地のニワゼキショウが空を見上げるような安らかな共感をこめて、自然を覗き込む自然になりたいのです。

（『書簡集』一八四一年七月二十一日）

僕たちは地球の装飾品であり、人間を愉快にしてくれる鳥や昆虫にあまり関心を持たない。鳥はサクランボより虫を食べるので、殺すのを控えるが、昆虫にいたっては州政府も「植物に有害な虫」という説明だ。

（『日記』一八五九年五月一日）

■愛情で鳥を捕らえる

昨日ボストンのある鳥類学者が「もしその鳥を手で捕らえていたら――」と意味深長に語ったが、僕は愛情でその鳥を捕らえたい。

（『日記』一八五四年五月十日）

■魚になる

太陽から身を守るためシャツと帽子以外の衣服を脱ぎ捨てると、川の旅の準備は万端整った。

（『日記』一八五二年七月十二日）

■カエルになる

ある夏の一日、スイカズラやコケモモの香りをかぎながら、ハエや蚊の音楽に誘われてある奥まった沼の中に入り込み、水面から顔だけ出すのはなんと贅沢極まりないことであろうか。

（『コンコード川とメリマック川の一週間』）

沼地の開けた場所で、大変大きなアメリカアカガエルを驚かした。ピョーンと飛び出して、うずくまった。僕が指をおろすと、最初少しひるんだが、あとはなでられるがままだった。時間の経過とともに、僕はその友達と友情を深めることを思いついた。驚いたことに、僕の手の上に滑り込み、あえぎながら手のひらの中央でぬるぬるしたまま座り込んだ。目を近づけて調べてみると、たいそう美しかった。

（『日記』一八五七年九月十二日）

■動植物は同時代を生きる仲間

僕はかなりの時間を使って野生動物を観察する。野生動物は僕の動物の隣人なのだ。

（『日記』一八五六年三月二十三日）

僕はできれば隣人（植物のこと）を知り、もっと近づきたかった。やがて植物がいつ開花するか、葉をつけるかを観察するようになった。そして、時間や距離にかかわらず、僕は数年間ずっと一日に二十から三十マイルも、町や隣町を駆け巡っては、経過を観察した。二週間に六回、四、五マイル離れたある特定の植物をしばしば訪ねたこともあった。

（『日記』一八五六年十二月四日）

僕は同時代を生きる近隣の植物に関心を持っている。特に大きな植物と親しくしてきた。それらは地球のこの地域においては、僕と共通の同居者なのだ

（『日記』一八五七年六月五日）

■生き物の身になって考える

僕と姿かたちは随分異なるもの（ウォールデン湖で発見された新種のブリームという魚）が存在していること――その存在の奇跡、僕と同時代を生きる隣人であることにまちがいない。僕はただただ傍らで思

考を合わせ、一瞬このブリームという魚の身になって考えた。

（『日記』一八五八年十一月三十日）

■森を読む──花粉症

化学者が精巧に準備した紙に露出させることで大気中のオゾンを発見したように、湖は大気中のマツの花粉の存在を教えてくれる。湖は「花粉測定器」だ。この時期、大気中にどれだけ目に見えない多くの埃が漂い、吸い込まれ、飲まれていることか。ある種の植物の花粉は吸い込むのに健康的でなく、季節の病気を作り出していることを皆よく知っているはずだ。

（『日記』一八六〇年六月二十一日）

■森を読む──年輪年代学

僕は地質学者よりも優っている。というのも年輪を数えることで、物事の順序ばかりでなく、過ぎた時間をも見抜くことができるからだ。このようにしてだれでもコンコードの歴史が綴られている腐ったパピルス（古文書）を読み解くことができるのである。

（『日記』一八六〇年十月十九日）

解説——緑のソロー

ソローが現代の環境意識形成に大きな貢献をしたことは疑いの余地がない。特に彼の代表作である『森の生活』や、自然誌関係の著作である「森林樹の遷移」、「歩く（ウォーキング）」や「ハックルベリー」、『森を読む』、『野生の果実』、そして『日記』の一部には、現代に通じるエコロジカルな概念が数多く表明されている。

師エマソンの超越主義の影響を受けて、ソローは最初自然を自らを高めるための手段とみなしていた。しかし長年の自然観察を通して彼に見えてきたものは、自然がいかにうまく機能しているか、そのような自然の営みや仕組みに関心を持つようになった。エコロジーの最初の段階を実体験していたのである。

晩年の十数年に及ぶ自然観察は、生地コンコードを中心とする広い生態系がフィールドワークの現場となった。彼はこの地に育つ樹木や花を系統的にリストアップして、発芽や開花の時期を克明に『日記』に書き留めた。さらに渡り鳥の飛来時期、積雪量、湖の解氷期、川や湖の水位などコンコードのありとあらゆる自然現象を記録する。まぎれもなくソローは生物気候学（phenology）の先駆者の一人である。アメリカ国立気象局は一五〇年前の貴重な気象データとして、ソローの記録を将来の気象予報に利用するほどだ。

適切な森の管理

総合的な自然観察を通して、ソローの自然観はますますエコロジー性を帯びてきた。彼によれば、すべてのものが隙間なく関わって生命共同体を作り上げ、相互依存の生活を営んでおり、人間もその一員であるということである。適切な森の管理によって、森は保護されてゆくことを知ったソローは、測量士としてコンコードの森を破壊するのではないかというジレンマを断ち切り、安堵したはずだ。当時彼は時々測量士として働いていた。「森林樹の遷移」はそれを明確に示している。なお原題“The Succession of Forest Trees”の succession は『オックスフォード英語大辞典』（ＯＥＤ）にはソローのこの作品からの例が初出となっていることからして、「遷移」に関してソローはアメリカでは先駆者といえる。

ところが人間活動はとどまるところを知らない。その累積がじわりじわりと生命共同体に影響を与え続けていることを彼は本能的に察知した。後述する「ハックルベリー」は、ソローが一五〇年以上も前から懸念していた事態を明らかにする。彼が絶滅や、自然の権利、未来世代のことを考えた発言は、まさしく「緑のソロー」の環境的啓示と呼んでさしつかえあるまい。

緑の思想――自己の完成から共同体の完成へ

ソローの緑の思想にあるのは、まず第一に彼自身が自然そのものに関心を持ったことである。彼にとって自然は真・善・美の世界に満ち溢れていた。自己の完成を望む超越主義者にとって、自然は自らの模範となる神のような存在であった。

ルソーやゲーテが自然研究に没頭したのは、ひとえに自然の神々しさにある。自然を探究することはとりもなおさず神に向かって自分自身を完成させてゆくことにほかならなかった。最初ソローもその道を探究した。

晩年になると前述したように、エコロジカルな自然観を持ち、生命共同体の維持に関心を移した。とはいえ彼は単なるエコロジストではなく、多様な環境倫理思想を持ち合わせていた。結果的に現代がかかえる諸問題解決へのヒントを提示することになった。文明全体を視野に入れていた彼の環境思想が評価される所以である。

■インディアンの存在意義

第二に、先住民インディアンの存在である。ソローは生まれついた時から、インディアンの痕跡に関心を持ち、最初は高貴な野蛮人のイメージで捉えていた。後には、インディアンの実際の生き方や文化、自然観を体験し、徐々に先住民のもつエコロジカルな自然観を再認識するにいたった。インディアンが身近にいたことが、彼にアメリカの過去の歴史、自然史、環境史への関心を与えることになったのである。インディアンに関する言及は、著作のいたるところに見られるので、彼の関心の深さを知ることができる。

■宗教の緑化

第三に、キリスト教への疑問である。人間による自然支配を正当化するキリスト教は、彼の思想と相容れないものであった。一方東洋の宗教に関しては寛容で、キリスト教との対比で高く評価している。

■ウィルダネスの意義

第四に、アメリカ固有のウィルダネス（原生自然）の価値を評価したことである。アメリカの大地には無尽蔵の資源があるというアメリカ神話に敢然と挑戦し、いずれは消滅する可能性のあるウィルダネス保護を提唱したことは、その後のアメリカの国立公園や国立野生生物保護区の設立に理論的な拠り所を与えた。彼自身は個人主義者で、組織だったことは好まず、まして当時は自然保護団体は皆無であった。その中で未来世代のためにウィルダネスに自然保護区、都市に森林公園設置を訴えたことは、彼亡き後育ってくる自然保護団体の心の拠り所となった。アメリカを代表するシエラ・クラブ、オーデュボン協会、ウィルダネス協会などの自然保護団体を成長・発展させたのは、ソローをはじめとするアメリカのネイチャーライターたちの思想だった。

■文学の緑化

第五に、アメリカにおけるネイチャーライティングの創始者としての評価である。従来文学は人間存在のあるべき姿を重視し、関心の主たる題材は人間をおいてほかになかった。そのような「人間中心主義」、「人間優越主義」に反逆するのがネイチャーライティングであり、その台頭は文学の緑化につながった。現在まで、人間と自然や環境をめぐる文学への一般的関心は決して高いものとは言い難い。しかし深刻化する地球環境問題は喫緊の課題として人類に解決を迫っている。そもそも文学の使命の一つは時代が抱える問題を取り上げることではなかったか。

ソローを継承する作家が続々と登場してきて、アメリカ人の生き方に警鐘を鳴らした。ジョン・ミューアはシエラ・クラブの初代会長として自然保護を促し、アメリカ国立公園の設立に貢献した。アルド・レオポルドは『野生のうたが聞こえる』で自然保護の理念を展開し、特に環境倫理の重要性を強調した。レイチェル・カーソンは『沈黙の春』で人工化学物質による生態系汚染を警告し、環境という言葉を一般大衆のものとした。『沈黙の春』の出版で、環境に対する世界の見方は一八〇度変わった。

■簡素な生活・高き想い

最後に、ソロー自身も『日記』(一八五六年十月十八日)で語っているように、「充実した人生の深さと濃密さが読者を魅了する」。彼の著作以外に彼自身の生き方に学ぶ点が多いということである。つまり「簡素な生活・高き想い」の生き方が、人間活動に自制を、自然に対する謙虚さを促し、地球環境に負荷を与えない環境に優しいライフスタイルのモデルを提供したことである。ここにソローの現代的意義がある。

「ハックルベリー」論——環境保護のマニフェスト

■「ハックルベリー」とは何か

一九七〇年、ソロー研究者レオ・ストラーは一八五〇年代後半から一八六一年にかけての『日記』の記述、特に一八六一年一月三日（一五二頁参照）を中心に編纂し、「ハックルベリー」として出版した。一九八〇年にはロバート・サッテルメイヤーが『ヘンリー・デイヴィッド・ソロー——ナチュラル・ヒストリー・エッセイ』に収録してからいっそう注目を浴びることになった。さらに『ソロー選集——エッセイと詩』（二〇〇一、*Thoreau: Collected Essays and Poems*, The Library of America）にも収録されて、名実ともにソローの代表作の一つとなった。

ソローのエコロジカルな作品としては、「森林樹の遷移」が有名であるが、「ハックルベリー」はその取り上げる対象の広さや彼の環境意識の高さを考慮すると、もっともエコロジカルで環境主義的な作品であるといえる。というのも彼の関心事は、生地コンコードで実際に起こっている風景の変貌、随所に見られる生態系の変化に対する危惧である。とりわけ産業の発展や鉄道の開通による森林伐採の進行は、彼の心を痛めていた。

また目を移せば、コンコード以外の地域においても自然破壊が進行していた。『コンコード川とメリマック川の一週間』で描かれたメリマック川の周辺の自然、『メインの森』で描かれたメイン州のウィルダネスでさえ、文明進歩の名のもとに破壊が進んでいた。当時はまだ自然保護の思想はほとんどなく、まして や自然保護団体は皆無の状況の中で、彼ができうるのは自然の変貌を描いて読者に伝え、自然保護の重要性を提言することであった。

ソローが、『森の生活』の中で、「私（Ｉ）」を一八一七回使用したことはよく知られている。彼の主眼が自己の可能性と完成にあったのは確かである。一方、「ハックルベリー」は生態系の健全さにとって何が重要であるかを描く。「私」から「共同体（ＷＥ）」の完成の方に関心を移しているのは明らかである。「ハックルベリー」はソローの文学的軌跡の中で、画期的なターニングポイントであると定義できる。ただ、彼に残された時間があまりにも少なかったことが惜しまれる。

■パストラル（牧歌）の喪失――田園の栄光は過ぎ去りし〈ハックルベリーの精神〉

冒頭でソローはセコイアの巨木ももとは小さな種子から成長することに触れ、小さなものにも「物事の核心」があることを暗示する。野に育つハックルベリーは小さくてつまらぬもの、腹の足しにもならないし、生活にも役立たない。しかしその小さな果実にも、「思想の食物」、万物の原点が宿っていると語る。「ハックルベリーの野原は永遠の法学、医学、神学を学ぶことのできる大学……ハーヴァードよりはるかにすぐれた教授陣がいる。なぜあわててハックルベリーの野原からハーヴァード大学のキャンパスへ行こうとするのか？」

しかしハックルベリーの野原の現状といえば、いまや個人の私有地で、柵がされて勝手に入ることさえ許されない。またハックルベリーの市場価値が高まり、果実は金儲けの手段と化した。ソローは「田園の栄光は過ぎ去りし」と嘆く。「ハックルベリーの精神」は、「自己の存在すべてを充実させてくれるもの……精神の解放と拡大」で、ソローが愛した森や湖が持つ特性と同様である。牧歌的な風景の中に現れた「柵」は、自然が人間の手によって商品化されつつある状況を象徴的に物語っている。

〈コモンズの悲劇〉

ソローは「野生の果実は文明の前に消え去ってゆく」、「すべての地域がいわば町、踏み固められたコモン（共有地）となっている」と語る。彼が「ハックルベリー」の中で繰り返しコモンに言及しているのは、それだけコモン（コモンズ）の価値を評価している証拠でもある。コモンズとは本来地域住民の生活の糧を得る場で、水、薪、獲物などを共同管理していた地域である。しかし周知のように、イギリスのコモンズはエンクロージャー（囲い込み）により、本来の機能を失い、地域の自然・環境維持の役割を果たすことができなくなった。コモンズは伝統的に人間と自然が調和的な関係を保つ場所で、生態学的にもきわめて健全な空間といえるだろう。しかしソローの生きた十九世紀中葉、コモンズは市場経済の名のもとに専有化され、本来のエコロジカルな役割を喪失した。「牛のコモンズというが、我々には人間のコモンズが必要なのだ」と叫ぶ時、ソローは人間性を涵養する自然の空間としての「コモンズ」を意図していた。

ソローのコモンズ復権の提唱は、彼の二十世紀の後継者であるアメリカの詩人ゲーリー・スナイダーに引き継がれた。スナイダーは『野性の実践』第二章「場所を生きる」の中で「コモンズの理解」に触れ、エコシステム（生態系）を守るコモンズの役割を強調する。

〈生態学的危機の歴史的根源〉

ソローはテクノロジーの進歩や経済発展による自然破壊の元凶に、西洋思想、特にユダヤ・キリスト教に深く根ざす人間中心主義的思想があることを見抜いていた。彼はアメリカのウィルダネス（原生自然）は「ほんの少しの先見の明と判断力があれば」、つまり賢明な自然保護思想があれば守れたと考える。そして植民地開拓者であるキリスト教徒が自然に対する偏見を抱いていたこと、つまり人間と自然は別々のもので、自然は人間の役に立つ存在であるという、きわめて尊大で不遜な自然観に由来するとみなした。

例えば彼は「同情ということを知らぬ人間は、人間と異なることだけで動物の野生を罪とみなす。まるで動物の美徳は、飼いならされることであるかのように。人間は銃に弾をこめて、動物を根絶しようとたくらんでいる」（『日記』一八五九年二月十六日）と語る。

このような近視眼的な人間中心主義的思想は、人間が自然を支配しようとするユダヤ・キリスト教のもつ信条そのものである。この典型的な例が聖書の「創世記」に現れていることは明白である。『日記』（一八五七年四月二十六日）では「人間をして自然の中を軽やかに歩ませよう。僕たちは敬虔に切り株を燃やし、森の中で崇拝しよう。しかしながら、キリスト教徒の破壊者たちは多くの集会場や馬小屋を建て、薪ストーブを暖めるために森の神殿を荒廃させているのである」と述べている。

このような考え方は「ハックルベリー」にも受け継がれている。ソローのキリスト教弾劾は、歴史家のリン・ホワイトの論文「現在の生態学的危機の歴史的根源」（一九六七）で述べられた概念を一世紀以上先行する画期的なものであった。ホワイトは、現在の環境破壊はユダヤ・キリスト教の持つ人間中心主義的思想によって引き起こされたもので、キリスト教は世界でもっとも人間中心主義的な宗教であると糾弾した。(4)

もっともルネ・デュボス（フランス系アメリカ人の細菌学者）によれば、エジプトやメソポタミア、ペルシアなどの非キリスト教文明でおこった土地の乱用で肥沃な地域が砂漠化したことを考慮すれば、環境破壊が宗教やテクノロジーの進歩だけでは説明できないことを示している。(5)また非キリスト教国であった日本が、かつて世界最大の公害国家であったことや、近年の中国の経済発展に伴う環境破壊を考えると、宗教だけがその要因とみなすことはできない。しかし少なくとも十九世紀中葉、アメリカが直面していた状況の中で、キリスト教は大きな意味を持っていた。ソローがあえてキリスト教に環境破壊の大きな要因の一つを見出したのは、正しい判断であったと思わざるをえない。

十九世紀と二十世紀の自然観の大きな相違は、十九世紀においては自然は神聖、かつ不可侵な領域で、人間の破壊に対して自らを再生する力を十分もっていた。しかしながら二十世紀になると、原子力に象徴されるように自然は人間の支配下に入った。ソローは随分前からその危険性を訴えたが、その声は西漸運動という文明進歩の前にかき消されてしまった。キリスト教徒の開拓者にもっと分別があれば、アメリカの自然の多くは残ったのではないだろうかとソローが考えても不思議ではない。

〈「私（I）」から「共同体（WE）」へ〉

すでに述べたように、十九世紀半ばアメリカの風景は各地で変貌をとげつつあった。ボストンやコンコードを中心とする、超越主義者と呼ばれる知識人たちの関心事といえば、もっぱら自己の魂の救済に向けられていた。確かに自然は美的喜びの対象で、インスピレーションの源であったが、彼らは現実に周囲で起こりつつあった風景の変化には無頓着すぎた。しかし同じ超越主義者グループの一人だったソローは、彼らとは異なった視点を持っていた。それは彼が「散策する眼」を持って自然を観察していたからにほかならない。生地のコンコードばかりでなく、彼はニューイングランド各地を旅し、その地の自然を実際に見て、体験して得た洞察力により、精神性のみを追求する他の超越主義者には見えない変化を感じとったのである。

『森の生活』で描かれた自然の再生力への信頼を裏切る人間の営み、その肥大化するインパクトが彼自身の近くまで忍び寄ってきていた。ウォールデンの森は切り開かれ、鉄道が湖岸に沿って走り、町には電信も架設された。自然の破壊は容赦なく進む。彼は文明進歩の将来を憂慮せざるをえなかった。この懸念から彼の中に今までなかった新しいヴィジョンが誕生した。それは自然を保護するという概念であった。

若き頃のソローの関心事といえば、「I」（私）、超越主義的自己完成というべきもの、すなわち最初に自己の完成があって、その後で社会もそれに応じて変わってゆくという考え方であった。しかし後年の関心事は、「WE」（共同体）、それも人間と他の生物も一緒になった共同体の安定に向けられた。『森の生活』で強調された「I」（私）が消え、「WE」（共同体）という意識がソローの中心を占め始めた。ロバート・D・リチャードソン・ジュニアは、「エコノミー」から「エコロジー」への変化と捉えている。[6]これはソローの文学活動の中で、大きな変化の兆候であった。

作家としてのソローの才能は『森の生活』を頂点とし、晩年は文学的想像力が枯渇したという一部の批判に対し、現在ではソローの文学的想像力はより鋭敏になったと評価されている。実際のところ、『森の生活』を超える作品を書き上げることはなかったが、晩年の『日記』や「森林樹の遷移」、死後一世紀以上経て出版された「ハックルベリー」や『森を読む』、『野生の果実』には、現在の環境主義を彷彿とさせる先駆的発言を多く見出すことができる。それらの言葉は私たちの環境的想像力を刺激してやまないのである。

ソローの著作の中でもっともエコロジカルで自然保護に貢献した作品は「森林樹の遷移」である。森の賢明な管理という点において、先駆的な論であった。一方「ハックルベリー」では、種子の役割や遷移という科学的でエコロジカルな内容というより、エコロジーと社会を結びつけて、より社会的な自然への対応策、つまり包括的な自然保護論を前面にしている点が最大の特徴である。

例えば「ハックルベリー」では「保護」、「保存」のほかにも、「公共の」、「コモンズ」という言葉が頻出する。さらに驚くのは、「謙虚さと畏敬の念のために、専有しないで残しておく」、「自然のいくらかを損なわずに保存する重要性」のような印象的な表現に出くわす。前者はアルベルト・シュバイツァーの「生命への畏敬の念」を、後者は国立公園の設立理念を思い起こさせる。どちらの概念も現在の環境倫理を考える上でなくてはならないものである。

後のジョン・ミューアが国と関わって国立公園設立に動いたのに対し、ソローは組織の一員に加わることをかたくなに拒否し（数少ない例外として、ボストン自然史協会の名誉会員）、自然保護を牽引する活動はしなかった。実際のところ、十九世紀中葉には自然を保護するという認識さえ共有されず、ましてや自然保護団体など皆無であったので、たとえソローが望んでもまだ機が熟していなかったのである。次の引用は都市公園を提唱する有名な一節である。

都市が自慢できるのは公園――原初の状態で少しも変わることのない土地――である。どの町も何らかの形で五百から一〇〇〇エーカー（約二平方キロメートルから四平方キロメートル）の公園、もしくは原生林をもつべきである。そこでは一本の枝も燃料、海軍の船、馬車用に切ってはならず、教育とレクリエーションのため、永遠の共有財産としてより賢明な使用のために立ち、朽ちていくことになる。すべてのウォールデンの森は、ウォールデン湖を中心に保存され、町の北に位置する約四平方マイル（約十平方キロメートル）の未開拓地イースターブルックスは我々のハックルベリーの野原となってほしかった。

（『日記』一八五九年十月十五日、「ハックルベリー」）

当時ニューヨークにはセントラルパークという大規模な都市公園が建設中で、公園の概念そのものがまだ目新しかった頃に、公園構想、しかも森林公園を主眼とした公園を提唱したことは画期的である。ソローの自然保護への想いは、ジョン・ミューア、アルド・レオポルド、レイチェル・カーソンへと受け継がれ、ウォールデン湖州立保護区やバクスター州立公園として具体化された。さらには壮大なメインの森国立公園も構想されている。（「コラム11」参照）

■「ハックルベリー」を超えて——ソローの環境主義宣言

今まで述べてきたように、「ハックルベリー」は公園、コモンズ、環境美学など基本的に人間を中心とした自然保護論である。もちろん当時としては先駆的な概念の表明であったことは言うまでもない。しかしソローはさらにその先を見据えていた。それは著書の随所で語られた環境主義的発言である。本書で取り上げたように、先住民の知恵、国立公園、野生生物、自然の権利、ガイア、絶滅、生物多様性、生命への畏敬の念、ディープ・エコロジー等、どれをとっても現代の環境思想の原点となるものばかりである。

もっともソローの環境主義的発言は『日記』などに断片的に表明されただけで、主たるテーマにはなりえなかったが、『森の生活』にはソローの環境主義の萌芽的発言が数多く見られる。『森の生活』は基本的に人間の生き方を問い直す書であることに異論はないだろう。しかし環境主義の啓示的発言は、環境に対する読者の意識や感受性を向上させてやまない。その意味で『森の生活』は、自然の書であると同時に環境の書と言っても過言ではあるまい。

もちろん地球温暖化やオゾン層破壊、海洋汚染、熱帯林破壊などの現代をとりまく地球環境問題に対して、時代の制約があったことは否定できない。しかし肝要なのは、「環境の危機を引き起こした「人間の精神構造の危機」である。これは一五〇年前と少しも変わることはない。ソローから学ぶことは、人間は地球の支配者ではなく、地球に存在するすべてのものは共同体の一員であり、持続可能な地球をつくるためにそれぞれが役割を果たすことである。そのためにも人類に突き付けられた課題はとてつもなく大きい。

■ソローの最後の言葉――「ヘラジカ」と「インディアン」

一八六〇年十二月、関心を持っていた木の年輪を調査するために森に出かけたソローは、風邪を引き込み、気管支炎を悪化させてしまった。病状は回復せず、すでに結核の最終段階を迎えていた。

彼は転地療養を兼ねてミネソタ州までの二〇〇〇キロの旅を計画し、地元の若者ホラス・マン・ジュニアを伴って翌年の五月十一日にコンコードを出発した。ミネソタを選んだのは、乾燥した気候のほかに、ウィルダネス（原生自然）体験とインディアンの観察ができると思ったからである。だが二ヶ月の旅を終えたソローの容体は、出発時よりも悪化していた。『日記』は一八六一年十一月三日を最後に書かれることはなく、徐々に外出もままならなくなっていった。

一八六二年になると、死を覚悟しながらも精一杯生きるソローの姿を垣間見ることができる。「もし生き長らえたら、全体的な博物誌について報告したい。……私は今を楽しんでいます。後悔はありません」（『書簡集』一八六二年三月二十一日）

死を前にしたソローに向かって、妹のソフィアは兄の初恋の女性エレンについて尋ねた。するとソローは「いつも彼女のことを思っていました」と繰り返したという。友人オルコットはソローを賛辞するエッセイ「森の人」を『アトランティック・マンスリー』誌四月号に掲載した——「我が友ほど最高のアメリカ人であり、自然の息子であるとつくづく思ったことである。山や草原を渡るそよ風の香り、さざ波立つ泉の香りがする。大地の霊で潤い、苔むした森の落葉の下から生まれる、豊かな土のようである」(7)

一八六二年五月六日、ソローは最期の日を迎えた。この日、ソローは妹のソフィアに『コンコード川とメリマック川の一週間』の一節「私たちはナシュア川の河口、そしてまもなくサーモン川の河口を風よりも速く滑るように通り過ぎて行った」を読んでもらった。二十年前に早逝した兄との旅を思い出したのだろう。兄こそソローの最大の理解者であったのだった。

この後昏睡状態に陥り、意識が朦朧《もうろう》とした中で、かすかに「ヘラジカ」、「インディアン」とつぶやいたまま あの世へと旅立った。ちょうど『メインの森』を校正していたので、夢の中でメインを訪れていたのだろう。

四十四年という短い生涯であったが、彼が望んだ詩的人生は送れたのではなかろうか。精一杯生きて、生きた証しを残し、「書くことと生きること」、「生きることと書くこと」が結びついた有意義な人生であったと思われる。

Column 12

アメリカの大統領とソロー

■セオドア・ローズベルト

ソローは政治にも関心があったはずだが、アメリカの大統領についてはほとんど言及していない。彼にすれば、悪しき政府に協力などしたくないということなのだろう。しかしながらソローの意向にかかわらず、時代が変化するとともに、大統領の方がソローに目を向け始めた。

アメリカには自然環境保護運動に理解を示す大統領や政治家が多い。これは自然環境保護団体を抜きに選挙は戦えないという一面もあるが、根底に人間と自然との関係を大局的視点から考える良識を持った民主的政治家が存在するということだろう。

国立公園の父と称されるジョン・ミューアとヨセミテ渓谷でキャンプを共にする大統領がいた。第二十六代大統領セオドア・ローズベルトである。大統領になる前から、ブーン・クロケットクラブという自然保護団体の創設者の一人として、自然保護に理解を持ち、大統領としてアメリカ最初の野生生物保護法（レイシー法）を成立させ、後の国立野生生物保護区システムを構築した。アメリカで自然保護区が拡大したのは彼の大きな貢献の一つであると言っても過言ではあるまい。農務省内に森林局を設置し、森林保護区を六十万平方キロメートルまで拡大した。この森林保護区の一つ、アリゾナのアパッチ国有林に派遣されたのが、若きアルド・レオポルドであった（「コラム9」参照）。さらに後の国立野生生物保護区を管轄する魚類・野生生物局に勤め、保護区の現状を明らかにしたのがレイチェル・カーソンだった（「コラム13」参照）。ソローを原点とするアメリカの自然・環境保護思想は密接につながっているのである。

■フランクリン・ローズベルト

二十世紀初頭までソローの存在は一部の自然愛好者や研究者にとどまっていたが、彼の名を一般に知らしめたのは皮肉にも大恐慌の時代である。国民は明るい未来を描けずに、不安と焦燥、恐怖の中で暮らしていた。蔓延する未来への恐怖を払拭するために、第三十二代大統領フランクリン・ローズベルトは就任演説の中で「まず最初に私の信念を申し上げるとすれば、恐怖心ほど恐いものはない（The only thing that we have to fear is fear itself.）ということ、つまり名もなき狂気の不当な恐怖感が後退から前進への努力を麻痺させているのです」と高らかに宣言した。これはソローの『日記』（一八五一年九月七日）の中にある「恐怖心ほど恐いものはない」（Nothing is so much to be feared as fear.）を言い換えたものと考えられる。

■ジョン・F・ケネディ

第三十五代大統領ケネディの母親はウエスト・コンコードで少女時代を過ごした。ケネディは子供の頃から母親に連れられてウォールデン湖によく出かけ、水泳やピクニックを楽しんだという。ケネディ政権下の一九六二年、一冊の本が出版され、世界を変えた。その本こそ、レイチェル・カーソン著『沈黙の春』である。

翌年ケネディ政権は農薬業界の反対を押し切って、『沈黙の春』に描かれた人工化学物質汚染の正当性を認めた。カーソンもソローの後継者の一人である。

■ジミー・カーター

第三十九代大統領カーターは、シューマッハー『スモール イズ ビューティフル』を読み、就任演説で、「より多くが必然的により良いではない」と語るなど、きわめてソロー的な思考を持っていた。環境保護政策に関してもアラスカ国有地法案を成立させ、地球最後のフロンティアと言われたアラスカの約三分の一、約五十万平方キロメートルの自然保護区を創設した。アラスカの自然を守ったという功績は計り知れない。カーターは「子供の頃からソローの著作に親しみ、彼から学び、彼のユーモアや洞察を他の人々と分かち合っていた。彼の孤独や自然、政治に対する姿勢、より高い志などは私にとても重要であった[8]」と語っている。カーターは「ウォールデンの森を守るプロジェクト」(Walden Woods Project) の企画した著『天国は我々の足下にある』(一九九一、*Heaven Is Under Our Feet*『森の生活』「冬の湖」の章にある言葉、八一頁参照)に序文を寄せ、「アメリカ自然保護運動の先駆者としてソローは、自然保護の概念を一般大衆に定着させた[9]」と語る。

■ビル・クリントン

「ウォールデンの森を守るプロジェクト」はロックグループ、イーグルスのドン・ヘンリーによって積極的に進められた募金活動である。最終的に一七〇〇万ドルの募金が集まり、ウォールデン湖周辺の九十六エーカー（約四十ヘクタール）の土地を獲得して保護し、またソロー・インスティチュートというソロー研究センターを開設した。一九九八年六月五日、施設のグランドオープニング・セレモニーには第四十二代大統領ビル・クリントンとヒラリー夫人、エドワード・ケネディ上院議員、生物多様性の世界的権威エドワード・ウィルソン、マーティン・ルーサー・キング牧師の友人、マハトマ・ガンジーのひ孫などが招待された。

多忙なスケジュールのなか、大統領夫妻がわざわざソローゆかりの地に足を運ばざるをえない理由があった。それはクリントン政権が自然環境に理解があることを世間に知らせる絶好の機会と捉えたからである。すでに述べたように、アメリカでは自然環境保護団体を無視しては選挙もままならないのである。

クリントンは「ソローから何を学ぶか、それはどういう意味を持つのであろうか。まず私たちは自然と調和して生きてゆかねばならない。……環境を改善することが経済成長と結びつくという新しい考え方を学ぶべきである……。第二に、不正に直面して、暴力よりも市民的不服従の力や道徳的優越性を忘れてはならない」[10]と語って、ソローの『森の生活』と『市民の反抗』を意識したスピーチをしている。

クリントン政権下のアル・ゴア副大統領の方が大統領よりも環境保護運動に熱心であった。彼は『沈黙の春』（一九九四、ホートン・ミフリン版、「コラム13」参照）に序文を書き、「『沈黙の春』の出版がなかったなら、環境保護の取り組みは遅れたであろう」と語る。ゴアは自ら『地球の掟』（一九九二）を著す一方、副大統領退任後は地球温暖化阻止に全力を注ぎ、『不都合な真実』（二〇〇六）を著し、地球温暖化防止に貢献したという理由で、二〇〇七年ＩＰＣＣ（気候変動に関する政府間パネル）とともにノーベル平和賞を授与されている。

すでにアメリカの富豪がアメリカの自然を守ってきた例を見たが、アメリカの政治家の一部にも良識派と呼ばれる自然環境保護派が確固として存在する。確かにアメリカは巨大なエネルギー消費国であり、二酸化炭素排出国であるが、その一方で、自然保護団体の数やその運動も同様に世界をリードして、アメリカの自然を守ってきた。逆説的に聞こえるかもしれないが、これが多文化国家アメリカの現実である。国土の広さだけではなく、このようなバランス感覚がアメリカという国の豊かさと強靭さかもしれない。

エピローグ

ウォールデン湖ソローの入江

ウォールデンの森と湖を守る――自然環境保護運動の原点

■ウォールデン湖州立保護区（Walden Pond State Reservation）

一八九三年にコンコードを訪れたジョン・ミューアは、ソローが愛したウォールデン湖に立ち寄り、「私はこのようなところで二百年、いや二〇〇〇年でも住んでみたい」と言ってソローを称えた。

十九世紀半ば、ウォールデンの森と湖、そしてソローの森の生活は地元ではよく知られていた。しかしながら彼の死後、ウォールデンの森と湖も文明の進歩とは無関係ではいられなくなった。大都市ボストンから列車で一時間の距離にあり、二十世紀に入るとモータリゼーションの発達でさらに交通の便がよくなり、釣りや水泳、ピクニック用のレクリエーション地として小さな湖（約二十五ヘクタール、周囲約三キロメートル）は観光客であふれ、森や湖への負荷は一層深刻さを増した。

一九二二年、エマソンやソローの愛したウォールデンの森と湖が、俗化してゆくことに不安を覚えたエマソンの子供たちは、湖周辺の土地所有者とともに八十エーカー（約三十二ヘクタール）の土地を州に寄贈した。その文書には、「ウォールデンの湖や森の自然を楽しみたいと望む多くの人々のために、州がエマソンとソローのウォールデン、その湖岸と近隣の森を保護すること、これこそ支援の唯一絶対の目的とする」と述べられている。

ここにウォールデン湖州立保護区が設置された。ソローの長年の夢がまがりなりにも実現したのである。一九六二年、ウォールデン湖は国の文化遺産保護制度の一つである国定歴史建造物(National Historic Landmark)にも指定された。

■ 聖地を守る活動

保護区になったとはいえ、ウォールデンには二十世紀文明の人間活動が容赦なく襲う。一九五七年、水泳を楽しむ者の安全を優先するという名目で、湖に新しい渚を造成する工事が始まった。森は切り開かれ、湖の一部が埋め立てられた。この状況に立ち向かったのが、ソロー協会(一九四一年にソローを愛する人々が作った組織)の会員たちで、彼らは「ウォールデンを救う委員会」を設立し、裁判を通して原状回復を勝ち取った。

危機はそれだけにはとどまらなかった。小さな保護区は周辺部の開発によっても大きな影響を受ける。できればウォールデンの森全体の生態系を保護するのがベストであるが、州にも郡にも町にも財政的余裕はなかった。第二次大戦後以降、湖周辺部は数々の開発に脅かされ続けた。一九八八年、コンコード・オフィス・パーク(五一八台の駐車場を含む約一ヘクタールの施設)と、低所得者用のアパート建設計画が浮上した。

ここにふたたびソローの聖地を守ろうとする運動が始まった。最初はソロー協会会員と地元有志による「ソロー・カントリー保護連盟」が結成されて対応した。低所得者用アパートの必要性は連盟側も認識していたので、交渉の結果、湖よりかなり離れて造ることに同意した。しかし問題はオフィス・パークの方で、計画用地購入には何百万ドルもの資金を必要とした。

■ウォールデンの森を守るプロジェクト (Walden Woods Project)

ここに一人の救世主が突如現れた。ロックバンド、イーグルスのリードシンガー、ドン・ヘンリーである。一九八九年十一月、彼はたまたまCNNのテレビでウォールデンの森の危機を訴える番組を見ていた。彼は即座に行動に着手する。「ソロー・カントリー保護連盟」に連絡をとると、翌年三月にはウォールデンの現場を訪問、マサチューセッツ州選出の上院議員エドワード・ケネディを動かし、四月に「ウォールデンの森を守るプロジェクト」を立ち上げた。

これは募金活動を通して、オフィス・パーク予定地やその他の危機に瀕しているウォールデン湖周辺地域を購入し、保護するというイギリスのナショナル・トラスト方式の自然保護運動である。ドン・ヘンリーは幼い頃から自然に親しみ、ハイスクール時代にソローと出会った。それ以降、彼の心の片隅にはソローの言葉の数々が思い出として残っていたにちがいない。ソローに対する愛情がドン・ヘンリーを突き動かした。著名人の行動に、多くの人々が賛同し寄付を寄せた。

総額一七〇〇万ドルという多額の寄付で、開発の危機に瀕していたオフィス・パーク用地を含む九十六エーカーが保護され、その上多くの研究者が願っていたソロー研究の中心的センターであるソロー・インスティチュートも造られるにいたった。この開所式が一九九八年六月に開催され、ビル・クリントン夫妻が招待された。(「コラム12」参照) すべてを仕切っていたのは、ドン・ヘンリーだった。

クリントン大統領（当時、左）、ドン・ヘンリー（中央）、ヒラリー夫人（右）
（AP／アフロ）

小さな自然保護団体「ソロー・カントリー保護連盟」の中には、あからさまにドン・ヘンリーの商業的で派手なやり方に不満を述べる者もいたことは確かである。しかしながら、小さな団体では巨大資本の開発業者に太刀打ちできなかったことも明白であった。戦略的な相違はあったとしても、自然環境保護運動の象徴的存在であるウォールデンの森と湖がまがりなりにも守られたことは大きな意味を持つ。この運動が自然環境保護運動の原点となり、人々の意識を変え、運動に勇気と愛を与えることになったからである。ウォールデンの森と湖を守る保護運動は、アメリカ自然保護史上燦然と輝くシンボルとなった。

Column 13

べつの道

■百年の意味

ソローが亡くなってからちょうど百年後、一冊の本が出版され、世界を震撼《しんかん》させた。言わずとしれたレイチェル・カーソンの『沈黙の春』である。一般に人工化学物質（特に殺虫剤や除草剤）が生態系に及ぼす影響を警告した科学書のように捉えられがちであるが、その内容にいたっては、人工化学物質を造り出した人間の生き方にカーソンの焦点があてられていることを忘れてはならない。

レイチェル・カーソン

ソローとカーソンを結びつけて考えるとき、筆者はいつもこの百年の意味を問い直す。思い返せば、ソローが森に入った一八四五年からちょうど百年後に広島に原爆が投下されたのではなかったか。ソローが生きていた十九世紀中葉は、せいぜい蒸気機関車が走り出し、電信がやっと通じた頃だった。森が多くのエネルギーの源で、石油もウランも存在していなかった。一八六一年ソローは、「人間は空を飛べないから空を汚すことはできない」と書いたが、今ではむなしく映る。

当時と現在とを比較すると、この百年間の文明の進歩の速さ、その量の巨大さに驚愕する。一方精神的な面ではどうであろうか。物は豊かになったけれども、人間性において少しも進歩の跡が見えないのは、数多くの悲惨な戦争を見れば一目瞭然である。私たちの文明は行き詰った感じがする。再度自然に目を向ける時代が到来したのではなかろうか。

■べつの道

「まえがき」に引用した「どんなに狭く曲がりくねっていても、愛と畏敬の念を持って歩むことのできる道を追い求めよ」を読むたびに、筆者は『沈黙の春』最終章「べつの道」（"The Other Road"）の冒頭の一節を思い出す。

私たちは、いまや分かれ道にいる。だが、ロバート・フロストの有名な詩とは違って、どちらの道を選ぶべきか、いまさら迷うまでもない。長いあいだ旅をしてきた道は、すばらしい高速道路で、すごいスピードに酔うこともできるが、私たちはだまされているのだ。その行きつく先は、禍いであり破滅だ。もう一つの道は、あまり「人も行かない」が、この分かれ道を行くときにこそ、私たちの住んでいるこの地球の安全を守れる、最後の、唯一のチャンスがあるといえよう。(1)

ロバート・フロストはソローの緑の伝統を継承するアメリカの詩人で、ケネディ大統領就任式の際、詩を朗読したこともある国民的詩人である。カーソンが引用したフロストの詩「選ばれなかった道」（"The Road Not Taken"）は、同じような道が分かれている三叉路に立った語り手がどちらの道を選ぶべきか躊躇しながらも、「あまり人の行かない」道を選択したという内容である。最後のスタンザに「ずっと将来、どこかで／ため息をつきながら話すことになるかもしれません／私はあまり人の通らない道を行った／そのことが大きな違いとなった」（筆者訳）とある。この詩の解釈は多々あるが、カーソンの比喩は明確である。

授業で『沈黙の春』のこの一節を読むたびに、筆者は高速道路と狭い道が交差する図を板書し、現在私たちのいる場所を指し示す。そこはいつも高速道路をかなり進んだ箇所である。今からでも引き返し、狭いながらも地球に優しい道を歩むことはできると説明するが、高度文明にどっぷりと浸かっている学生たちはどのように感じたであろうか。

人は人生において何度か分かれ道に遭遇する。そのとき、「あまり人の通らない道」、あえて困難な道を選ぶのは大変な勇気が必要である。ソローとカーソンは共にその道を選んだ。そして多くの人の人生が変わり、世界が変わった。

■ソローとカーソンの道を行く

『沈黙の春』が環境文学の原点とすれば、カーソンの遺志を継ぐ著書がアメリカでは数多く出版されている。その中でも、テリー・テンペスト・ウィリアムスは『鳥と砂漠と湖と』（一九九一）において、ネヴァダ核実験場から飛散する死の灰を浴びて乳がんにかかった女性たちの叫び声を、ユタ州ソールトレイクの自然を背景に描く。

特に感動的なシーンは、エピローグ「片胸の女たちの一族」である。章題が象徴するように、乳がんで片胸を失った女性たちがネヴァダ核実験場で反対活動をするために立ち上がった。一方サンドラ・スタイングレイバーは、『がんと環境』(一九九七)で『沈黙の春』第十四章「四人に一人」がんになる状況をさらに詳細に論じた。

二人とも非暴力で国家と闘う。何度拘束・監禁されようとも彼女たちの信念は揺らぐことはない。彼女たちの心にはいつもソローが寄り添っていた。

あとがき

研究者としての駆け出しの頃、試行錯誤の連続でアメリカ文学と向かいあっていた。当時流行していたアメリカのユダヤ系作家に没頭して、一日中図書館で過ごすこともたびたびあった。それでも満足できず、明確な研究目標がないまま、自然主義文学の作家やアメリカ南部の女性作家にも食指が動いた。確かに彼らの文学もそれなりに面白く、感動的な作品にも出会ったが、いまひとつ充実感は感じられなかった。

十年ぐらい経過したであろうか、ふとアメリカン・ルネサンスの作家を読み直してみた。その読後感は少なくとも若い頃とは格段に違っていた。自分も成長したのかもしれないが、アメリカン・ルネサンスの作家や作品には、高尚で深遠な思想がまず存在し、人間存在の意味や精神的な葛藤が著者によって深く考察されていた。いままでにない興奮を覚え、魂の髄まで揺さぶられた。

筆者はソローをライフワークに選んだ。自然を楽しむ自分の性格にあっていたのだろう。それから三十余年が経過した。その中でソローの印象に残る言葉をノートに書き綴り、講義や論文にも使用した。長い間ソローとの対話が続いた。いつのまにかソローはなくてはならない存在になっていた。本書はその意味で筆者のソローに対する愛情から生まれたものである。作品が古いから、作家が古いからは文学の規準には当てはまらないと思う。いつまでも感動が残る名言は金言に値する。森の思想家ソローから学ぶべきことはあまりにも多い。彼こそ時代を超えて、輝きを失うことのない作家の一人である。

ソローの名言集に関しては、インターネットをはじめとして、『オックスフォード引用句辞典』や『バートレット引用句辞典』に多くの言葉が引用され、また日本でも『世界名言集』（岩波書店）にいくつか紹介されている。さらにEdwin Way Teale, ed. *The Thoughts of Thoreau*. Tim Homan, ed. *A Yearning toward Wildness: Environmental Quotations from the Writings of Henry David Thoreau*. K.P. Van Anglen, ed. *Simplify, Simplify and Other Quotations from Henry David Thoreau*. Jeffrey S. Cramer, ed. *The Quotable Thoreau*. 志賀勝著『ソローの言葉』、岩政伸治編訳『ソロー語録』には数多くの名言や格言が紹介されている。本書での名言・名文の選択は、あくまでも筆者の関心事によった。有名なものは当然収録したが、筆者の関心は、ソローの環境的想像力に向けられており、必然的に緑のソローに関する言葉が多くなったのはいたしかたない。

「コラム」ではシェイクスピアの『お気に召すまま』、ホワイトの『セルボーンの博物誌』、ワーズワスの「虹」、レオポルドの『野生のうたが聞こえる』、カーソンの『沈黙の春』、さらにはアメリカの大統領にまで四方八方に「脱線」してしまったが、これはソローに触発された筆者の「環境的想像力」のなせる業であることをご理解願いたい。その方向が間違っていないことを切に祈るのみである。

日本語訳については、例えば『ナチュラル・ヒストリー』一つとっても「自然史」、「自然誌」、「博物誌」があり、ソローの作品名に関しても、複数存在する。それらについては総合的にいちばんふさわしいと思うものを選択した。翻訳は後に挙げた「主要邦訳文献」、特に飯田実訳『森の生活（ウォールデン）上・下』、『市民の反抗』（共に岩波文庫）、神吉三郎訳『森の生活 ―― ウォールデン 上・下』（岩波文庫）を参照したが、基本的には拙訳によった。翻訳のないものに関しては、ホートン・ミフリン版（ウォールデン版）全集とプリンストン版全集によった。読みやすさを考慮して、段落を多くしている箇所がある。

このような小著とはいえ、多くの先行研究や業績に負っている。特に日本ソロー学会や文学・環境学会の会誌や出版物、会員による著書や訳書は読むたびに感動と刺激を与えられた。

筆者に上梓の機会を与えてくださり、その上煩雑な校正作業を辛抱強く見守っていただいた研究社編集部の金子靖氏には、深く感謝を申し上げる。

また金子氏とともに原稿や校正刷りを念入りに確認してくれた高見沢紀子氏、巻末の索引を作成していただいた坪野圭介氏（東京大学文学部現代文芸論博士課程）にも厚く御礼申し上げる。

ソローの時代でも現在でも、生きることは決して容易ではない。それでも生きる目標と情熱を持っている人とそうでない人とでは、人生に大きな違いが生じるであろう。これからの人生を変えたいと思っている人、新しい自分を見出したい人、生きた証しを望む人、そのような人たちにソローの言葉を贈りたい。

平成二十八年一月

上岡克己

ソロー略年譜

一八一七年	七月十二日、マサチューセッツ州コンコードで誕生
一八二三年—二七年	父親が鉛筆製造を始める、地元の学校に入学
一八二八年	コンコード・アカデミー入学
一八三三年—三七年	ハーヴァード大学在学、「文明国家の野蛮性」、「現代の商業精神」
一八三七年	大学卒業後教員となるが体罰事件で辞職、エマソンの薦めで十月二十二日、『日記』をつけ始める
一八三八年	コンコードで学校（私塾）を開く
一八三九年	エレン・シューアルに出会う 兄とコンコード川とメリマック川の旅
一八四〇年	超越主義者の機関誌『ダイアル』創刊
一八四一年	兄の病で学校を閉鎖、エマソン宅に移り住む

一八四二年　一月十一日、兄ジョン他界、「マサチューセッツの博物誌」

一八四五年　七月四日、森の生活を始める

一八四六年　七月二十三日か二十四日、税金不払いで投獄される、メイン州クタードン山登山

一八四七年　九月六日、森の生活を終える

一八四九年　『コンコード川とメリマック川の一週間』、『市民の反抗』

一八五二年　「恋愛論」

一八五四年　「マサチューセッツ州における奴隷制度」、『森の生活』

一八五六年　詩人ウォルト・ホイットマンに会う

一八五七年　奴隷解放論者ジョン・ブラウンに会う

一八六〇年　「ジョン・ブラウン大尉を弁護して」、「森林樹の遷移」

一八六一年　転地療養のためミネソタへ、十一月三日、『日記』終える

一八六二年　五月六日、他界、「歩く（ウォーキング）」、「秋の色」、「野生のリンゴ」

一八六三年　「原則のない生活」

一八六四年　『メインの森』

一八六五年　『コッド岬』

一八六六年　『カナダのヤンキー』

一九〇六年　『ソロー全集』（ホートン・ミフリン版）

一九二七年　『月下の自然』

一九七〇年　「ハックルベリー」

一九七一年——『ソロー全集』（プリンストン版）出版開始、現在継続中

一九九三年　『森を読む——種子の翼に乗って』

二〇〇〇年　『野生の果実』

引用・出典一覧

■まえがき

（1）西川光次郎『トロー言行録』内外出版協会、一九一二。自序。

■プロローグ

フィリップ・ヴァン・ドーレン・スターン『ヘンリー・デイヴィッド・ソーロウ——ある反骨作家の生涯』上岡克己訳、開文社、一九八九。「あとがき」を加筆・修正した。

（1）ドナルド・オースター『ネイチャーズ・エコノミー——エコロジー思想史』中山茂・成定薫・吉田忠訳、リブロポート、一九八九。一〇六。

（2）ラルフ・ウォルドー・エマソン『エマソン論文集　下』酒本雅之訳、岩波文庫、一九七三。二七五—七六。

（3）ウォルター・ハーディング『ヘンリー・ソローの日々』山口晃訳、日本経済評論社、二〇〇五。五二〇。

（4）Lawrence Buell, *The Environmental Imagination: Thoreau, Nature Writing, and the Formation of American Culture*. Cambridge: Harvard UP, 1995. 314.

（5）同

■第一章

コラム1

長島良久「ソローの格言」『ヘンリー・ソロー研究論集』第三一号（二〇〇五）。一一三—一六。「ソローの名言・格言」http://meigen-jin.com/henrydavidthoreau/ を参照した。

■第二章

解説──『市民の反抗』

上岡克己『森の生活──簡素な生活・高き想い』旺史社、一九九六、第一章の一部を加筆・修正した。ソローとガンジーに関しては、George Hendrick, "The Influence of Thoreau's "Civil Disobedience" on Gandhi's *Satyagraha*." *Henry David Thoreau: Walden and Civil Disobedience*. Ed. Owen Thomas. New York: Norton, 1966. 364-71. を参照した。

（1）Walter Harding, *The Days of Henry Thoreau: A Biography*. New York: Dover, 1982. 205-06.

（2）Robert B. Downs, *Books That Changed the World*. New York: Signet, 2004.

（3）"The Influence," 367.

（4）"The Influence," 364.

（5）キング他『アメリカの黒人演説集』荒このみ編訳、岩波文庫、二〇〇八。二八二。

（6）M・L・キング『自由への大いなる歩み』雪山慶正訳、岩波新書、一九五九。五三。訳中の『市民の不服従に関する論文』は『市民の反抗』に改めた。

（7）同、二九七。

（8）キング牧師も一九六四年にノーベル平和賞を受賞している。

（9）『エマソン論文集　上』、「自然」。

■第三章

コラム3

（1）トーマス・J・ライアン『この比類なき土地』村上清敏訳、英宝社、二〇〇〇。vii.

3　『森の生活』

（2）ここでいう「村」(village) は、コンコードの町の中心部を指して使われている。

コラム5

左記を参照した。

水島宜彦『水島耕一郎評伝』文芸社、二〇一二。

山本晶「初期のソロー受容」『ヘンリー・ソロー研究論集』第三〇号（二〇〇四）。一四〇—七五。

齊藤昇「野澤一の文学的軌跡——ソロー思想の実践家として」『ヘンリー・ソロー研究論集』第三一号（二〇〇五）。三五—四四。

（3）トロー『森林生活』水島耕一郎訳、文成社、一九一一。五—六。

解説——『森の生活』

上岡克己「『森の生活』を読む」『森の響き』第二号（一九九七）を加筆・修正した。

（4）中野孝次『清貧の思想』草思社、一九九二。四。

（5）中野孝次『人生を励ます言葉』講談社現代新書、一九八八。二六。

（6）鈴木大拙『禅と日本文化』北川桃雄訳、岩波新書、一九四〇。一四—一五。

（7）鈴木大拙『続　禅と日本文化』北川桃雄訳、岩波新書、一九四二。一九。

コラム6

土居光明『西谷退三考』日米学院出版部、一九八〇、を参照した。

（8）ギルバート・ホワイト『セルボーンの博物誌』西谷退三訳、八坂書房、一九九二。vii.

（9）同、viii.

■第四章

コラム7

（1）『エマソン論文集　上』、四一。

コラム8

　ウィリアム・クロノン『変貌する大地』佐野敏行・藤田真理子訳、勁草書房、一九九五。「第一章」を参照した。

（2）アルド・レオポルド『野生のうたが聞こえる』新島義昭訳、講談社学術文庫、一九九七。一七五。

コラム9

（3）『ネイチャーズ・エコノミー』、六。

（4）『野生のうたが聞こえる』、二〇六。

（5）同、三、五、三一八、三四九。

コラム10

（6）Richard F. Fleck, ed. *The Indians of Thoreau.* Albuquerque: Hummingbird Press, 1974. 3.

（7）Carolyn Merchant, *The Columbia Guide to American Environmental History.* New York: Columbia UP, 2002. 20-21.

（8）Shepard Krech III, *The Ecological Indian: Myth and History.* New York: Norton, 1999. 24.

■第五章

コラム11

（1）Henry D. Thoreau, *The Maine Woods.* Ed. Joseph J. Moldenhauer. Princeton: Princeton UP, 1972. 137.

（2）同、145.

（3）同、153.

解説——緑のソロー

　「ハックルベリー」論は Katsumi Kamioka, “"Huckleberries" as a Manifesto of Environmentalism.” *Proceedings of the Kyoto American Studies Summer Seminar.*(2002):181-93. を加筆・修正した。なお「ハックルベリー」では、『日記（一八六一年一月三日）』（一五二—五五頁）の一部が引用されている。

（4）リン・ホワイト『機械と神』青木靖三訳、みすず書房、一九七二。「第五章」
（5）フィリップ・シャベコフ『環境主義』さいとう・けいじ＋しみず・めぐみ訳、どうぶつ社、一九九八。一四八。
（6）Robert D. Richardson Jr., *Henry Thoreau: A Life of the Mind*. Berkeley: U of California P, 1986. 384.
（7）*The Days of Henry Thoreau*, 458-59.

コラム12

W. Barksdale Maynard, *Walden Pond: A History*. New York: Oxford UP, 2004. を参照した。

（8）*Walden Pond: A History*, 286.
（9）Don Henley and Dave Marsh, eds, *Heaven Is Under Our Feet*. Stamford: Longmeadow Press, 1991. 7.
（10）“Thoreau Institute Grand Opening.” *The Thoreau Society Bulletin* 224 (1998).

■エピローグ

Walden Pond: A History を参照した。

コラム13

（1）レイチェル・カーソン『沈黙の春』青樹簗一訳、新潮社、二〇〇四。三五四。

参考文献

■ソロー著作一覧

The Writings of Henry David Thoreau. Ed. Bradford Torrey. 20 vols. Boston: Houghton Mifflin, 1906.

The Writings of Henry D. Thoreau. Princeton: Princeton UP. 1971-.

■主要邦訳文献

新井えり編訳『英語で読みたいヘンリー・ソロー珠玉の名言』ＩＢＣパブリッシング、二〇一五。

飯田実訳『コッド岬』工作舎、一九九三。

——訳『市民の反抗』岩波文庫、一九九七。

——訳『森の生活（ウォールデン）上・下』岩波文庫、一九九五。

伊藤詔子訳『森を読む——種子の翼に乗って』宝島社、一九九五。

伊藤詔子・城戸光世訳『野生の果実』松柏社、二〇〇二。

今泉吉晴訳『ウォールデン　森の生活』小学館、二〇〇四。

岩政伸治編訳『ソロー語録』文遊社、二〇〇九。

小野和人訳『月下の自然』金星堂、二〇〇八。

——訳『メインの森』講談社学術文庫、一九九四。

神吉三郎訳『森の生活——ウォールデン 上・下』岩波文庫、一九五一。

木村晴子・島田太郎・斎藤光訳『Ｈ・Ｄ・ソロー』研究社、一九七七。

酒本雅之訳『ウォールデン』ちくま学芸文庫、二〇〇〇。

佐渡谷重信訳『森の生活——ウォールデン——』講談社学術文庫、一九九一。

仙名紀訳『風景によるセラピー』清水弘文堂書房、二〇〇二。

――訳『水によるセラピー』清水弘文堂書房、二〇〇一。

――訳『山によるセラピー』清水弘文堂書房、二〇〇二。

服部千佳子訳『孤独の愉しみ方――森の生活者ソローの叡智』イースト・プレス、二〇一二。

山口晃訳『コンコード川とメリマック川の一週間』而立書房、二〇一〇。

――訳『ソロー日記　夏』彩流社、二〇一五。

――訳『ソロー日記　春』彩流社、二〇一三。

――訳『ソロー博物誌』彩流社、二〇一一。

■邦文参考文献

岩波文庫編集部編『世界名言集』岩波書店、二〇〇二。

ウォード、キングスレイ『ビジネスマンの父より息子への30通の手紙』城山三郎訳、新潮文庫、二〇一〇。

ウッドコック、G『市民的抵抗――思想と歴史――』山崎時彦訳、御茶の水書房、一九八二。

エマソン、ラルフ・ウォルドー『エマソン論文集 上・下』酒本雅之訳、岩波文庫、一九七三。

オースター、ドナルド『ネイチャーズ・エコノミー――エコロジー思想史』中山茂・成定薫・吉田忠訳、リブロポート、一九八九。

岡島成行『アメリカの環境保護運動』岩波新書、一九九〇。

カーソン、レイチェル『沈黙の春』青樹簗一訳、新潮文庫、二〇〇四。

上岡克己「日本におけるソロー受容史」『ヘンリー・ソロー研究論集』第三一号（二〇〇五）。二四―三四。

――『森の生活――簡素な生活・高き想い』旺史社、一九九六。

――「『森の生活』を読む」『森の響き』第二号（一九九七）。

上岡克己・高橋勤編著『ウォールデン』ミネルヴァ書房、二〇〇六。

キング、M・L『自由への大いなる歩み』雪山慶正訳、岩波新書、一九五九。

キング・マルコム・X、モリスン他『アメリカの黒人演説集』荒このみ編訳、岩波文庫、二〇〇八。

クロノン、ウィリアム『変貌する大地』佐野敏行・藤田真理子訳、勁草書房、一九九五。

齊藤昇「野澤一の文学的軌跡――ソロー思想の実践家として――」『ヘンリー・ソロー研究論集』第三一号（二〇〇五）。三五―四四。

志賀勝『ソローの言葉』西村書店、一九四七。

シャベコフ、フィリップ『環境主義』さいとう・けいじ＋しみず・めぐみ訳、どうぶつ社、一九九八。

鈴木大拙『禅と日本文化』北川桃雄訳、岩波新書、一九四〇。

――『続　禅と日本文化』北川桃雄訳、岩波新書、一九四二。

スターン、フィリップ・ヴァン・ドーレン『ヘンリー・デイヴィド・ソーロウ――ある反骨作家の生涯』上岡克己訳、開文社、一九八九。

土居光明『西谷退三考』日米学院出版部、一九九〇。

中野孝次『人生を励ます言葉』講談社現代新書、一九八八。

――『清貧の思想』草思社、一九九二。

長島良久「ソローの格言」『ヘンリー・ソロー研究論集』第三一号（二〇〇五）。一一三―一六。

ナッシュ、ロデリック・F『自然の権利』松野弘訳、ちくま学芸文庫、一九九九。

西川光次郎『トロー言行録』内外出版協会、一九一二。

日本ソロー学会編『新たな夜明け』金星堂、二〇〇四。

ハーディング、ウォルター『ヘンリー・ソローの日々』山口晃訳、日本経済評論社、二〇〇五。

ホワイト、ギルバート『セルボーンの博物誌』西谷退三訳、八坂書房、一九九二。

ホワイト、リン『機械と神――生態学的危機の歴史的根源』青木靖三訳、みすず書房、一九七二。

水島宜彦『水島耕一郎評伝』文芸社、二〇一二。

山本晶「初期のソロー受容」『ヘンリー・ソロー研究論集』第三〇号（二〇〇四）。一四〇―七五。

ライアン、トーマス・J『この比類なき土地』村上清敏訳、英宝社、二〇〇二。

レオポルド、アルド『野生のうたが聞こえる』新島義昭訳、講談社学術文庫、一九九七。

■ 欧文参考文献

Buell, Lawrence. *The Environmental Imagination: Thoreau, Nature Writing, and the Formation of American Culture.* Cambridge: Harvard UP, 1995.

Cramer, Jeffrey S., ed. *The Quotable Thoreau.* Princeton: Princeton UP, 2011.

Downs, Robert B. *Books That Changed the World.* New York: Signet, 2004.

Fleck, Richard F. *The Indians of Thoreau: Selections from the Indian Notebooks.* Albuquerque: Hummingbird Press, 1974.

Harding, Walter. *The Days of Henry Thoreau: A Biography.* New York: Dover, 1982.

Hendrick, George. "The Influence of Thoreau's "Civil Disobedience" on Gandhi's *Satyagraha.*"*Henry David Thoreau : Walden and Civil Disobedience.* Ed. Owen Thomas. New York: Norton, 1966. 364-71.

Henley, Don and Dave Harsh, eds. *Heaven Is Under Our Feet.* Stamford, CT: Longmeadow Press, 1991.

Homan, Tim, ed. *A Yearning toward Wildness: Environmental Quotations from the Writings of Henry David Thoreau.* Atlanta: Peachtree, 1991.

Maynard, W. Barksdale. *Walden Pond: A History.* New York: Oxford UP, 2004.

Merchant, Carolyn. *The Columbia Guide to American Environmental History.* New York: Columbia UP, 2002.

Nash, Roderick. *Wilderness and the American Mind.* New Haven: Yale UP, 1982.

Richardson, Robert D. Jr. *Henry Thoreau: A Life of the Mind.* Berkeley: U of California P, 1986.

Sattelmeyer, Robert. *Thoreau's Reading.* Princeton: Princeton UP, 1988.

Sayre, Robert F. *Thoreau & the American Indians.* Princeton: Princeton UP, 1977.

Sullivan, Mark W. *Picturing Thoreau: Henry David Thoreau in American Visual Culture.* Lanham, MD: Lexington Books, 2015.

Teale, Edwin Way, ed. *The Thoughts of Thoreau.* New York: Dodd, Mead & Company, 1962.

Thoreau Society. *The Thoreau Society Bulletin* 224(Summer 1998).

Van Anglen, K.P., ed. *Simplify, Simplify and Other Quotations from Henry David Thoreau.* New York: Columbia UP, 1996.

ソロー作品　索引

※ヘンリー・デイヴィッド・ソローの作品（詩集、詩篇ほか）を50音順に記した。
※「大樹の嘆き」、「ニレの木の伐採」は『日記』の一部であり、著者が付けた題である（その場合は、原つづりは入れていない）。
※他の人名や作品などについては、「人名・作品　索引」（221ページ）を参照。

【ア行】

「秋の色」 "Autumnal Tints"　105, 113-14

「歩く（ウォーキング）」 "Walking"　66-68, 108-109, 112, 140, 160, 169

【カ行】

『月下の自然』 *The Moon*　18, 114

「原則のない生活」 *Life Without Principle*　ix, 4, 16

「現代の商業精神」 "The Commercial Spirit of Modern Times"　14-15, 30

『コッド岬』 *Cape Cod*　5, 111

『コンコード川とメリマック川の一週間』 *A Week on the Concord and Merrimack Rivers*　5, 9, 23, 26, 33, 90-91, 108, 110-11, 120, 143, 160, 166, 174, 184

　「水曜日」 "Wednesday"　120

　「東の空低く」 "Low in the eastern sky"　23, 34

【サ行】

「詩人の遅れ」 "The Poet's Delay"　22-23

『市民の反抗』 *Resistance to Civil Government (Civil Disobedience)*　viii, 5-6, 38-40, 44-52, 91, 188

『書簡集』 *The Correspondence of Henry David Thoreau*（*The Correspondence*）　13, 15-16, 24, 34, 90, 115, 165, 183-84

「ジョン・ブラウン大尉を弁護して」 "A Plea for Captain John Brown"　42-43, 51-52

「森林樹の遷移」 "The Succession of Forest Trees"　137-39, 169-70, 174, 180

『ソロー選集――エッセイと詩』 *Thoreau: Collected Essays and Poems*　174

『ソロー日記全集』 *The Writings of Henry David Thoreau: Journal I - XIV*　103

【タ行】

「大学卒業アルバム」 "Class Book Autobiography"　12

【ナ行】

『日記』 *Journal* ii, ix-xi, 7, 12-13, 15-24, 26-30, 32, 34, 41, 43, 55, 58-61, 64-68, 89-92, 98, 106-10, 113-17, 119, 122-30, 132-37, 139-40, 143-45, 150-55, 161-69, 173-74, 177, 180-83, 186
「大樹の嘆き」 58-60, 63
「ニレの木の伐採」 60-61, 63-64

【ハ行】

「ハックルベリー」 "Huckleberries" 111, 118, 156-57, 163, 169-70, 174-82
「文明国家の野蛮性」 "Barbarities of Civilized States" 14, 30, 143, 146

【マ行】

「マサチューセッツ州における奴隷制度」 "Slavery in Massachusetts" 42, 51
「マサチューセッツの博物誌」 "Natural History of Massachusetts" 104, 132
『メインの森』 *The Maine Woods* 5, 55, 110, 114, 145-48, 155-56, 158, 174, 184
「チェサンクック」 "Chesuncook" 147-48, 155-56
『森の生活』(『ウォールデン──森の生活』) *Walden: or, Life in the Woods (Walden)* ii, viii-xiii, 5-6, 9, 17-18, 28, 47, 53, 55, 69-89, 91-103, 109, 112-13, 123, 140, 146, 150, 161-62, 169, 175, 179-80, 182, 187-88
「音」 "Sounds" 77-78, 96, 123
「経済」 "Economy" 28, 70-73, 97-98, 150
「孤独」 "Solitude" 78-79, 100
「住んだ場所と住んだ目的」 "Where I Lived, and What I Lived For" ii, xi, 17, 74-75, 97
「先住者と冬の訪問者」 "Former Inhabitants; and Winter Visitors" 113
「暖房」 "House-Warming" 150
「読書」 "Reading" ii, 17-18, 53, 75-77
「春」 "Spring" 82, 99, 162
「冬の湖」 "The Pond in Winter" 81, 187
「ベイカー農場」 "Baker Farm" 112-13
「マメ畑」 "The Bean-Field" 79, 96
「湖」 "The Ponds" 28, 80-81, 93, 96, 109, 161-62
「むすび」 "Conclusion" 82-85, 97, 99
「村」 "The Village" 79
「より高い法則」 "Higher Laws" 81
『森を読む──種子の翼に乗って』 *Faith in a Seed* 6, 169, 180

【ヤ行】

【ラ行】

人名・作品　索引

※ヘンリー・デイヴィッド・ソローの作品については、「ソロー作品　索引」(224ページ)を参照。

【ア行】

アウン・サン・スー・チー　Aung San Suu Kyi　50

『アトランティック・マンスリー』　*The Atlantic Monthly*　55, 68, 158, 184

イーヴリン、ジョン　John Evelyn　53, 164

　『シルヴァ―森林樹に関する論』　*Sylva, or A Discourse of Forest-Trees and the Propagation of Timber in His Majesty's Dominions*　53, 164

イーグルス　The Eagles　187, 194

岩政伸治　201

　『ソロー語録』　201

ウィリアムス、テリー・テンペスト　Terry Tempest Williams　198-99

　『鳥と砂漠と湖と』　*Refuge: An Unnatural History of Family and Place*　198-99

ウィリアムス、ヘンリー　Henry Williams　41

ウィルソン、エドワード　Edward Osborne Wilson　188

ウォード、キングスレイ　G. Kingsley Ward　27-28

　『ビジネスマンの父より息子への 30 通の手紙』　*Letters of a Businessman to His Son*　27-28

ウォールデンの森を守るプロジェクト　Walden Woods Project　187, 194

　『天国は我々の足下にある』　*Heaven Is Under Our Feet*　187

ウッド、ウィリアム　William Wood　122, 129

　『ニューイングランドの眺望』　*New England's Prospect*　122, 129

エマソン、ラルフ・ウォルドー　Ralph Waldo Emerson　5-6, 19, 30, 33-34, 45, 53-55, 89-90, 100, 119, 169, 192

　『自然』　*Nature*　53-55, 119

オルコット、エイモス・ブロンソン　Amos Bronson Alcott　5, 45, 55, 184

　「森の人」　"The Forester"　184

オルコット、ルイザ・メイ　Louisa May Alcott　6, 32, 45

　『若草物語』　*Little Women*　6, 32, 45

【カ行】

カーソン、レイチェル　Rachel Louise Carson　46, 119, 173, 182, 186-87, 196-98, 201

　『センス・オブ・ワンダー』　*The Sense of Wonder*　119

『沈黙の春』 *Silent Spring* 46, 173, 186-88, 196-99, 201
カーター、ジミー Jimmy Carter 187
鴨長明 86
『方丈記』 86
『簡易生活』 87
ガンジー、マハトマ Mohandas Karamchand Gandhi viii, 5, 47-48, 50, 91, 188
キャトリン、ジョージ George Catlin 158
ギルピン、ウィリアム William Gilpin 150
キング牧師（マーティン・ルーサー・キング） Martin Luther King, Jr. viii, 5, 48-50, 91, 188
『自由への大いなる歩み』 *Stride Toward Freedom: The Montgomery Story* 49-50
クリントン、ヒラリー Hillary Clinton 188, 195
クリントン、ビル Bill Clinton 187-88, 194-95
クルーチ、ジョセフ・ウッド Joseph Wood Krutch 69
クレッチ三世、シェパード Shepard Krech III 147
『エコロジカル・インディアン』 *The Ecological Indian: Myth and History* 147
クロノン、ウィリアム William Cronon 129
『変貌する大地──インディアンと植民者の環境史』 *Changes in the Land: Indians, Colonists, and the Ecology of New England* 129
ゲーテ、ヨハン・ヴォルフガング・フォン Johann Wolfgang von Goethe 171
ケネディ、エドワード Edward Kennedy 188, 194
ケネディ、ジョン・F John Fitzgerald Kennedy 186-87, 197
ゴア、アル Al Gore 188
『地球の掟』 *Earth in the Balance* 188
『不都合な真実』 *An Inconvenient Truth* 188
孔子 39, 112
コールリッジ、サミュエル・テイラー Samuel Taylor Coleridge 70

【サ行】

西行 68
サッテルメイヤー、ロバート Robert Sattelmeyer 53, 174
『ソローの読書』 *Thoreau's Reading* 53
『ヘンリー・デイヴィッド・ソロー──ナチュラル・ヒストリー・エッセイ』 *Henry David Thoreau; The Natural History Essays* 174
シェイクスピア、ウィリアム William Shakespeare 53, 120-21, 201
『お気に召すまま』 *As You Like It* 120-21, 201
志賀勝 201

『ソローの言葉』 201
シューアル、エレン Ellen Sewall 32-34, 184
シューマッハー、エルンスト・フリードリヒ Ernst Friedrich Schumacher 98, 187
『スモール イズ ビューティフル』 *Small Is Beautiful: Economics As If People Mattered* 98, 187
シュバイツァー、アルベルト Albert Schweitzer 181
城山三郎 28
鈴木大拙 xi, 100
『禅と日本文化』 100
スタイングレイバー、サンドラ Sandra Steingraber 199
『がんと環境』 *Living Downstream: An Ecologist Looks at Cancer and the Environment* 199
ステイプルズ、サム Sam Staples 44-45
ストウ、ハリエット・ビーチャー Harriet Beecher Stowe 46
『アンクル・トムの小屋』 *Uncle Tom's Cabin* 46
ストーン、クリストファー Christopher Stone 63-64
「樹木の当事者適格」 "Should Trees Have Standing?" 63-64
ストラー、レオ Leo Stoller 174
スナイダー、ゲーリー Gary Snyder 177
『野性の実践』 *The Practice of the Wild* 177
スミス、アダム Adam Smith 46
『国富論』 *The Wealth of Nations* 46
聖書 46, 53, 144, 177
『成長の限界』 *The Limits to Growth* 98（Donella H. Meadows , Dennis L. Meadows, Jørgen Randers, William W. Behrens III 著）
ソロー、ジョン John Thoreau, Jr. 32-33, 89
ソロー、ソフィア Sophia Thoreau 5, 34, 55, 184

【タ行】
ダーウィン、チャールズ Charles Darwin 46, 53, 134-35
『種の起原』 *On the Origin of Species* 46
『ビーグル号航海記』 *The Voyage of the Beagle* 53, 134
『ダイアル』 *The Dial* 30
『大学』 ii, xi, 74, 99
ダウンズ、ロバート Robert B. Downs 46
『世界を変えた本』 *Books That Changed the World* 46
種田山頭火 68

チャニング、ウィリアム・エラリー　William Ellery Channing　5, 9, 55, 90
デュボス、ルネ　René Jules Dubos　178

【ナ行】

中野孝次　97
　『人生を励ます言葉』　97
　『清貧の思想』　97
ナッティング、サム　Sam Nutting　124
西川光次郎　xi-xii
　『トロー言行録』　xi-xii
西谷退三（竹村源兵衛）　102-104
ニュートン、アイザック　Isaac Newton　46
　『プリンキピア』　*Philosophiæ Naturalis Principia Mathematica*　46
野沢一　87-88
　『木葉童子詩経』　88

【ハ行】

パークス、ローザ　Rosa Parks　48
ハーディング、ウォルター　Walter Harding　44-45
　『ヘンリー・ソローの日々』　*The Days of Henry Thoreau: A Biography*　44-45
バートラム、ウィリアム　William Bartram　53
　『旅行記』　*Travels and Other Writings*　53
バーンズ、アンソニー　Anthony Burns　51
『バガヴァッド・ギーター』　*Bhagavad Gita*　53
バクスター、パーシヴァル・プロクター　Percival Proctor Baxter　159
ハバード、ジョージ　George Hubbard　135
バローズ、ジョン　John Burroughs　102
ファーマー、J　J. Farmer　124
ブラウアー、デイヴィッド　David R. Brower　68-69
ブラウン、ジョン　John Brown　9, 42-43, 51-52, 55
プラトン　Plato　46
ブレイク、ハリソン・G・O　Harrison Gray Otis Blake　5, 34-35, 56
フレック、リチャード・F　Richard F. Fleck　146
フロイト、ジークムント　Sigmund Freud　46
　『夢判断』　*The Interpretation of Dreams*　46
フロスト、ロバート　Robert Lee Frost　197-98
　「選ばれなかった道」　“The Road Not Taken”　198
ヘイウッド、ジョージ　George Heywood　122, 133

ペイン、トマス　Thomas Paine　46
『コモンセンス』 *Common Sense*　46
ヘッケル、エルンスト　Ernst Haeckel　139
ヘミングウェイ、アーネスト　Ernest Hemingway　6
ヘンリー、ドン　Donald Hugh Henley　187, 194-95
ホイットマン、ウォルト　Walt Whitman　6, 55
『草の葉』 *Leaves of Grass*　55
ホーソーン、ナサニエル　Nathaniel Hawthorne　6
ポーター、エリオット　Eliot Porter　68-69
『野性の中に世界は保存される』 *In Wildness Is the Preservation of the World* 68-69
ホメロス　Homer　46, 53, 112
ポリス、ジョセフ　Joseph Polis　55, 147
ホワイト、ギルバート　Gilbert White　62, 102-104, 161, 201
『セルボーンの博物誌』 *The Natural History and Antiquities of Selborne*　62, 102-104, 201
ホワイト、リン　Lynn White, Jr.　178
「現在の生態学的危機の歴史的根源」 "The Historical Roots of Our Ecological Crisis"　178

【マ行】

マーク・トウェイン　Mark Twain　6
マーチャント、キャロリン　Carolyn Merchant　147
マイノット、ジョージ　George Minott　124
牧野富太郎　102
松尾芭蕉　68
マハン、アルフレッド・T　Alfred Thayer Mahan　46
『海洋支配力の歴史に及ぼす影響』 *The Influence of Sea Power upon History*　46
マルクス、カール　Karl Marx　46
『資本論』 *Capital: A Critique of Political Economy*　46
マン・ジュニア、ホラス　Horace Mann, Jr.　183
水島耕一郎　xi, 86-87, 103
『森林生活』 86-87, 103
ミューア、ジョン　John Muir　69, 158-59, 173, 181-82, 185, 192
三好学　103
ミルトン、ジョン　John Milton　53
武者小路実篤　87
メルヴィル、ハーマン　Herman Melville　6

メルヴィン、ジョージ　George Melvin　127
『孟子』　46, 53, 81, 99
森下雨村　103

【ヤ行】

山縣五十雄　86-87
『萬朝報』　86

【ラ行】

ライアン、トーマス・J　Thomas J. Lyon　63
　『この比類なき土地―アメリカン・ネイチャー・ライティング小史』 *This Incomparable Land: A Book of American Nature Writing*　63
ラウス、サミュエル　Samuel Worcester Rowse　28
ラッセル、メアリー　Mary Russell　34
ラマ、ダライ　Dalai Lama　50
ルソー、ジャン=ジャック　Jean-Jacques Rousseau　171
リチャードソン・ジュニア、ロバート・D　Robert D. Richardson, Jr.　180
リンカーン、エイブラハム　Abraham Lincoln　7, 49
リンネ、カール・フォン　Carl von Linné　138
レオポルド、アルド　Aldo Leopold　130-31, 139-42, 173, 182, 186, 201
　『野生のうたが聞こえる』 *A Sand County Almanac*　130-31, 139-42, 173, 201
ローズベルト、セオドア　Theodore Roosevelt　185
ローズベルト、フランクリン　Franklin D. Roosevelt　186
『論語』　xi, 39, 53, 84, 99-100

【ワ行】

ワーズワス、ウィリアム　William Wordsworth　97, 119-20, 201
　「虹」 "The Rainbow"　119-21, 201

Photo Credits
(図版・写真一覧)

All of the photos appearing in this book are considered to be in the public domain, except for those specially credited.

Cover	Walden Pond (Eunice Harris / Getty Images)
p. 3	Henry David Thoreau in 1856
p. 11	Henry David Thoreau in 1854
p. 37	Robert B. Downs, *Books That Changed the World.* Revised Edition. New York: Signet, 2004. (Cover)
p. 47	Mahatma Gandhi
p. 49	Martin Luther King, Jr.
p. 54	Ralph Waldo Emerson in later years
p. 57	Original title page of *Walden* featuring a picture drawn by Thoreau's sister Sophia
p. 65	Walden Woods (Katsumi Kamioka)
p. 68	Eliot Porter, *In Wildness Is the Preservation of the World*. San Francisco: Sierra Club Books,1962. (Cover)
p. 80	Walden Pond (Katsumi Kamioka)
p. 81	Thoreau's 1846 survey of Walden Pond
p. 87	『森林生活』(初版)[表紙]
p. 92	Replica of Thoreau's cabin (Katsumi Kamioka)
p. 103	西谷退三
p. 105	Henry David Thoreau's engraving of a Scarlet Oak leaf
p. 127	Henry David Thoreau's illustration
p. 130	Passenger Pigeon
p. 140	Aldo Leopold's cabin (Katsumi Kamioka)
p. 141	Aldo Leopold
p. 149	Site of Thoreau's cabin (Katsumi Kamioka)
p. 191	Thoreau's Cove
p. 195	Bill Clinton, Don Henley and Hillary Clinton (AP/Aflo)
p. 196	Rachel Carson

編著者紹介

上岡克己（かみおかかつみ）

一九五〇年、高知県生まれ。東京大学文学部英文科卒業。同大学院人文科学研究科修了。岡山大学助教授を経て、現在高知大学教授。専門はアメリカの環境文学・文化。

著書に『「ウォールデン」――全体的人間像を求めて』（旺史社）、『森の生活――簡素な生活・高き想い』（旺史社）、『アメリカの国立公園』（築地書館）、共著に『ウォールデン』（ミネルヴァ書房）、『レイチェル・カーソン』（ミネルヴァ書房）、その他がある。訳書に『ヘンリー・デイヴィド・ソーロウ――ある反骨作家の生涯』（開文社）、その他がある。

世界《せかい》を変《か》えた森《もり》の思想家《しそうか》
心《こころ》にひびくソローの名言《めいげん》と生《い》き方《かた》

二〇一六年三月一日　初版発行

編著者　上岡《かみおか》　克己《かつみ》

発行者●関戸雅男
発行所●株式会社　研究社
〒一〇二―八一五二　東京都千代田区富士見二―十一―三
電話　営業　〇三―三二八八―七七七七（代）　編集　〇三―三二八八―七七一一（代）
振替　〇〇一五〇―九―二六七一〇
http://www.kenkyusha.co.jp/

装丁●久保和正
組版・レイアウト●MUTE BEAT
印刷所●研究社印刷株式会社

KENKYUSHA

ISBN 978-4-327-47232-0 C1098